Königs Erläuterungen und Materialien
Band 328/29

Erläuterungen zu

Jerome David Salinger
Der Fänger im Roggen

von Dr. Edgar Neis

C. Bange Verlag - Hollfeld/Obfr.

Herausgegeben von Dr. Peter Beyersdorf,
Gerd Eversberg und Reiner Poppe

2. Auflage 1982
ISBN 3-8044-0217-8

Druck: Heinz Neubert, 8580 Bayreuth, Schloßberglein 2

INHALT

AUFSÄTZE UND MATERIALIEN

„Das Leben ist ein Spiel, das bestimmte Regeln hat."
„Ja, Sir. Ich weiß. Ich weiß das."
Ein Spiel, verdammt! Feines Spiel. Wenn man auf der Seite spielt, wo die großen Kanonen sind, dann ist es ein Spiel — das will ich zugeben. Aber wenn man auf die andere Seite gerät, wo keine Kanonen sind, was soll daran noch Spiel sein? Nichts. Kein Spiel mehr.

„Allmählich wirst du dir wohl darüber klarwerden müssen, welche Richtung du einschlagen willst. Und dann mußt du dich auf den Weg machen. Aber ohne Aufschub. Du kannst es dir nicht leisten, noch eine Minute zu verlieren. Du nicht."

Salinger, Der Fänger im Roggen

JEROME DAVID SALINGER: LEBEN UND WERK

Geboren am 1. Januar 1919 als Sohn eines jüdischen Vaters und einer irischen Mutter in New York City.
Besuch mehrerer Schulen ohne Abschluß.
Besuch der Militärakademie Valley Forge in Pennsylvanien.
Dort Abschlußdiplom 1936.
Aufenthalt in Polen, um sich in die Exportgeschäfte seines Vaters einzuarbeiten.
Aufenthalt in Wien, um Deutsch zu lernen.
Studienversuche an verschiedenen amerikanischen Universitäten ohne einen Abschluß.
Entertainer auf einem Passagierdampfer der Westindia-Route.
1942 Soldat und Kriegsteilnehmer: am 6. Juni 1944 Teilnahme an der Invasion; Landung mit der IV. Division bei Dünkirchen.
Bis 1946 Sicherheitsoffizier des XII. Infanterieregiments.
1947 Rückkehr in die Vereinigten Staaten: Tätigkeit als freier Schriftsteller.
Veröffentlichung von Erzählungen und Kurzgeschichten in Zeitungen und Zeitschriften.
1951: Welterfolg durch die Veröffentlichung des teilweise autobiographischen Romans „The Catcher in the Rye" („Der Fänger im Roggen").
1953: Veröffentlichung der „Nine Stories" („Neun Erzählungen").
1955: Salinger heiratet die Engländerin Claire Douglas.
1955—1960: Geburt seiner Tochter Margret und seines Sohnes Matthew.
1961: Veröffentlichung der bereits 1955 und 1957 einzeln erschienenen Geschichten „Franny and Zooey" zusammengefaßt in Buchform.
1963: Veröffentlichung weiterer Episoden der Glass-Familie in dem Band „Hebt den Dachbalken hoch, Zimmerleute, und Seymour wird vorgestellt". Weder „Franny and Zooey" noch „Raise high the roof beam, carpenters, and Seymour: an introduction" („Hebt den Dachbalken hoch, Zimmerleute, und Seymour wird vorgestellt)

konnten den Erfolg von „The catcher in the rye" („Der Fänger im Roggen") übertreffen; über diese Glass-Geschichten breitete sich wachsende Enttäuschung aus.
1967: Salinger wird wegen „his indifference and refusal to communicate" von Claire Douglas geschieden.
Bereits 1953 hat sich Salinger, dem jede Publicity verhaßt ist, auf sein abgelegenes Anwesen in Cornish, New Hampshire, zurückgezogen, wo er seitdem in völliger Isolierung von der Außenwelt lebt.

DER WELTERFOLG DES „FÄNGERS IM ROGGEN"

(Peter Freese, Jerome David Salinger in: Martin Christadler, Amerikanische Literatur der Gegenwart, Stuttgart 1973, S. 62f.)

Durch „The catcher in the rye" wurde Salinger zur berühmtesten literarischen Persönlichkeit Amerikas. 1960 hatten fast 300 Colleges und Universitäten den inzwischen in mehr als 20 Sprachen übersetzten Roman als Pflicht- oder Zusatzlektüre in ihre Leselisten aufgenommen, in vielen Städten des Landes kam es zu Skandalen, weil selbsternannte Erben Anthony Comstocks oder Senator McCarthys das Buch seiner sexuellen Freizügigkeit und Sozialkritik wegen der Jugend vorenthalten wollten, und immer mehr Kritiker stellten voller Verwunderung fest, daß der einzige Roman der Nachkriegsliteratur, der bei der Jugend einhellige Zustimmung fand, „The catcher" sei (Gwynn und Blotner). Der publikumsscheue Salinger zog sich auf sein einsames Anwesen in Cornish, New Hampshire zurück, verweigerte alle Interviews, ließ Falschmeldungen über sein Leben verbreiten, verbot die Veröffentlichung seiner Photos und wurde zur „Greta Garbo der amerikanischen Literatur" (Swados), deren Geheimnisse die Reporterteams von Life, Time und Newsweek vergeblich zu lösen versuchten. Eine ganze Generation hatte sich mit Holden Caulfield, dem Fänger im Roggen, identifiziert, in ihm ihre eigenen Probleme artikuliert gefunden und mit ihm den Kampf gegen eine beengende Erwachsenenwelt aufgenommen. Holdens Sprache wurde überall nachgeahmt, ‚phony' wurde zum verbreiteten Etikett für alles Negative, und „The catcher" wurde für die Generation der fünfziger Jahre, was Fitzgeralds „This side of paradise" für das ‚jazz age' und Hemingways „The sun also rises" für die ‚lost generation' waren. Auch die zunächst zögernde Kritik entwickelte bald eine ungeahnte Geschäftigkeit, und mehr als 2000 Aufsätze, fünf ‚casebooks' mit über 1000 Seiten kritischen Materials, zwei Zeitschriften-Sondernummern und mehrere Monographien machten „The catcher" zum meistgedeuteten Roman der amerikanischen Nachkriegsliteratur und ließen eine regelrechte „Salinger-Industrie" (Steiner) entstehen. Eine kritische Schule verstand Holden im Sinne Riesmans als innengeleiteten Außenseiter in einer außengesteuerten ‚Einsamen Masse', eine andere unternahm religiöse Deutungen christlicher und zenbuddhistischer Provenienz, eine dritte sah Holden im Kontext des amerikanischen Initiationsromans als einen zeitgenössischen Huck Finn im ‚waste land' der Metropolis, und von Burns zu Rilke, von Fitzgerald zu Ring Lardner und von T. S. Elliot zu den Schriften des Mahayana-Buddhismus wurden literarische Zusammenhänge aus dem Roman heraus- oder in ihn hineingelesen. Auch die mit literarischen Kategorien allein kaum erklärliche Wirkung von „The catcher" wurde zum Gegenstand verschiedenster Spekulationen, denn ein Buch, dessen Besitz unter russischen Jugendlichen als Statussymbol galt, das in Korea ebenso erfolgreich war wie in Israel, dessen Verbot in Australien einen Entrüstungssturm auslöste und das in Deutschland zur Pflichtlektüre im Deutschunterricht an der Oberstufe der Höheren Schulen bestimmt wurde, mußte eine ungewöhnliche Faszination ausstrahlen, die man abwechselnd darin fand, daß es der die Verantwortlichkeit erwachsener Existenz scheuenden Jugend einen willkommenen Fluchtweg aufzeige (Larner), mit der Unwissenheit und moralischen Unverbindlichkeit der jungen Generation kokettierte (Steiner) oder an einer bisher unbekannten Weise zur Identifikation mit dem Romangeschehen zwinge.

DER FÄNGER IM ROGGEN

KAPITELÜBERSICHT
(ABRISS DES INHALTS)

(Angabe der Seitenzahlen nach der Rowohlt-Taschenbuchausgabe Nr. 851, Reinbek 1979)

1

Der siebzehnjährige Gymnasiast Holden Caulfield, der wegen eines Zusammenbruchs in einem Sanatorium sich erholen muß, berichtet zurückdenkend über seinen „Rausschmiß" aus dem Internat Pencey in Agerstown in Pennsylvanien: „Ich vergaß noch zu erzählen, daß ich geschaßt worden war. Nach den Weihnachtsferien sollte ich nicht mehr erscheinen, wegen ungenügender Leistung in vier Fächern und mangelhaftem Fleiß und so weiter. Man hatte mich ein paarmal verwarnt, um mich auf Trab zu bringen, aber ich gab mir trotzdem keine Mühe. Daraufhin flog ich eben. In Pencey fliegen ziemlich viele Schüler. Dafür hat Pencey einen guten Ruf als Schule, das muß man sagen." (S.7)
Pencey ist allerdings bereits die vierte Schule, die Holden Caulfield wegen mangelhafter Leistungen und Anpassungsschwierigkeiten, manche nennen es Aufsässigkeit, verlassen muß.

2

Holden verabschiedet sich von seinem Geschichtslehrer Mr. Spencer, der ihn wegen völliger Unkenntnis in Geschichte durchfallen lassen mußte, ihm seine mißlungene Examensarbeit über die alten Ägypter („diesen Mist") vorliest und ihn vor der Zukunft warnt. Holden ist äußerst deprimiert.

3

Holden kehrt in sein Internatszimmer zurück, das er mit Ward Stradlater teilt. Gespräch mit dem Zimmernachbarn Ackley, der Stradlaters Abwesenheit benutzt, um sich mit Holden zu unterhalten. Stradlater erscheint, um sich für ein Rendezvous mit einem Mädchen zurechtzumachen.

4

Holden unterhält sich mit Stradlater im Waschraum, während sich dieser dort rasiert und wäscht („trotzdem war er immer unsauber und schlampig“). Stradlater bittet Holden, für ihn einen englischen Aufsatz zu schreiben. Gespräch über Mädchen, insbesondere über Jane Gallagher, mit der sich Stradlater treffen will und für die Holden eine Schwäche hat.

5

Holden schreibt für Stradlater einen englischen Aufsatz. Da ihm nichts anderes einfällt, schreibt er über den Baseball-Handschuh seines verstorbenen Bruders Allie: „Das war ein gutes Thema. Wirklich. Mein Bruder Allie hatte einen Linkshänder-Fänger-Handschuh für Feldspieler. Er war linkshändig. Auf die Finger und überallhin hatte er Gedichte geschrieben. Mit grüner Tinte. Er schrieb sie darauf, damit er etwas zu lesen hätte, wenn er im Feld stand und keiner am Schlagen war ... Über diesen Baseball-Handschuh also schrieb ich Stradlaters Aufsatz. Zufällig hatte ich den Handschuh in meinem Koffer. Ich holte ihn und schrieb die Gedichte ab, die darauf standen. Ich brauchte nur Allies Namen zu ändern, damit niemand merken konnte, daß es mein Bruder war und nicht der von Stradlater. Ich selber war nicht gerade toll vor Begeisterung, aber es fiel mir kein Zimmer oder Haus oder etwas Ähnliches ein, was Stradlater haben wollte. Ich reiße mich ohnehin nicht um Beschreibungen von Zimmern und Häusern. Deshalb schrieb ich über den Baseball-Handschuh vom meinem Bruder Allie.“ (S. 31)

6

Stradlater, von seinem Rendezvous mit Jane Gallagher zurück, ärgert sich über Holdens Aufsatz: „Herr im Himmel, Holden. Das ist ja über einen verdammten Baseball-Handschuh." — „Und?" sagte ich, kalt wie ein Eisblock. — „Was meinst du mit ‚und'? Ich habe dir doch gesagt, daß es über ein verfluchtes Zimmer oder ein Haus oder was weiß ich sein soll." — „Du hast gesagt, es müsse eine Beschreibung sein. Warum zum Teufel ist denn ein Baseball-Handschuh nicht recht?" — „Verdammt noch mal." Er war wütend. Wirklich in Wut. Er schaute mich an. „Nichts, überhaupt nichts kannst du so machen, wie man es dir sagt. Keinen einzigen verdammten Aufsatz. Kein Wunder, daß du hier herausfliegst." — „Schön, gib ihn mir wieder", sagte ich. Ich ging hin und nahm ihm die Blätter aus der Hand. Dann zerriß ich sie." (S. 33) Anschließend kommt es zwischen Holden und Stradlater zu einem Streit, als Holden ihn fragt, was er mit Jane Gallagher den ganzen Abend getrieben, was er mit ihr „gemacht" habe. In diesem Streit unterliegt Holden und wird von Stradlater zu Boden geschlagen: „Dann ging ich zum Spiegel und schaute mein blödes Gesicht an. Dieses Schlachtfeld war sehenswert. Mund und Kinn und alles war blutüberströmt, sogar mein Pyjama und mein Bademantel. Halb grauste es mir und halb faszinierte es mich. Ich sah sozusagen aus wie ein „echter" Kerl. Ich hatte erst ungefähr zweimal in meinem Leben eine Rauferei mitgemacht und beide Male verloren. So „echt" bin ich gar nicht. Ich bin Pazifist, falls das jemand interessiert." (S. 36)

7

Holden sucht Zuflucht in Ackleys Zimmer, überlegt, ob er in ein Kloster eintreten soll, um ungestört leben zu können, packt dann in seinem Zimmer, während Stradlater schläft, seine Sachen und verläßt mitten in der Nacht das Internat.

8

Holden lernt auf der Heimfahrt in der Eisenbahn die Mutter eines Pencey-Mitschülers kennen, die sich bei ihm nach ihrem Sohn erkundigt. Holden lobt ihn, der „zweifellos einer der größten Schweinehunde war, die in der ganzen Pencey-Chronik jemals vorgekommen sind", über den grünen Klee: „Jede Mutter will immer nur hören, was für ein Prachtexemplar ihr Sohn sei." (S. 44) Holden lügt sie nach Kräften an, nicht zuletzt auch deswegen, weil sie ihm gefällt: „Sie war ungefähr vierzig oder fünfundvierzig, schätze ich, sah aber sehr gut aus. Frauen bringen mich um. Im Ernst. Ich meine damit nicht, daß ich übermäßig sexy bin; ich mag Frauen einfach, das meine ich ... Sie hatte tolle Brillianten. Sie sah mich an und lächelte ein bißchen. Ihr Lächeln war außerordentlich sympathisch. Die meisten Leute haben überhaupt kein Lächeln, oder ein ekelhaftes. Sie war aber wirklich nett. Sie rauchte auch auf eine sympathische Art. Sie inhalierte zwar, aber sie verschlang den Rauch nicht so gierig, wie das die meisten Frauen ihrs Alters tun. Sie hatte viel Charme. Auch viel Sex-Appeal, falls das jemand interessiert." (S. 42ff.)

9

Holden kommt in New York an, weiß nicht recht, was er tun soll, will telefonische Verbindungen aufnehmen, erreicht aber nichts, läßt sich von Stimmungen treiben. Er übernachtet in einem Hotel.

10

Holden will mit seiner kleinen Schwester Phoebe, dem „einzigen vernünftigen Menschen", den er kennt, telefonieren, hat aber Angst, seine Eltern könnten am Apparat sein und entschließt sich deshalb, in die Hotel-Bar, den Lavendel-Saal, zu gehen. Holden tanzt und unterhält sich mit drei hurenhaft aussehenden Blondinen, die ihn aber nicht für voll nehmen.

11

Nach dem unbefriedigenden Aufenthalt in dem Nachtlokal hat Holden Sehnsucht nach Jane Gallagher und denkt über seine Begegnungen mit ihr nach. Er sucht sein Hotelzimmer auf, hält es aber nicht lange darin aus und beschließt, ein anderes Nachtlokal aufzusuchen.

12

Holden läßt sich in einem Taxi in das Nachtlokal Ernie in Greenwich Village fahren. Er trifft in dem völlig überfüllten Lokal nur „blöde Gymnasiasten, Studenten und weit und breit nur Idioten" an: „Bei Ernie bekam man auch als Sechsjähriger Alkohol; der Raum war dunkel, und außerdem kümmerte sich ohnedies niemand darum, wie alt man war. Man hätte sogar Rauschgift zu sich nehmen können, ohne aufzufallen ... Jedenfalls wurde ich wieder deprimiert und elend deswegen und hätte beinahe meinen Mantel geholt, um ins Hotel zurückzukehren, aber es war mir noch zu früh, und ich hatte keine Lust, ganz allein zu sein." (S. 64)
Als er widerliche Szenen miterlebt und schließlich Lillian Simmons in Begleitung eines Marineoffiziers, „der einen Stock verschluckt zu haben schien", trifft, verläßt er das Lokal.

13

In sein Hotel zurückgekehrt, gerät er in eine „üble Geschichte": der Hotelangestellte, der den Lift bedient, schickt ihm eine Nutte aufs Zimmer: „Es war nicht gegen meine Prinzipien, aber ich war so deprimiert, daß ich gar nicht nachdachte. Das ist eben das Schlimme daran. Wenn man sehr deprimiert ist, kann man nichts mehr denken." (S. 68) Zwischen Holden und der Prostituierten kommt es aber zu keinen Intimitäten. Nichtsdestoweniger bezahlt er sie, wie vereinbart, mit fünf Dollar. Beim Abschied bezeichnet sie ihn als einen „komischen Vogel".

14

Der Hotelangestellte und die Prostituierte dringen in Holdens Zimmer ein und verlangen von ihm trotz des vorher vereinbarten Preises von fünf Dollar weitere fünf Dollar; der Hotelangestellte schlägt Holden zu Boden, als dieser sich weigert, mehr als den vereinbarten Preis zu zahlen. Die Prostituierte entnimmt Holdens Brieftasche die zweite Fünf-Dollar-Note, dann verlassen beide das Zimmer, während Holden auf dem Boden liegen bleibt.

jetzt vorzeitig heimkehrt, läßt Phoebe vermuten, daß er von der Schule geflogen ist. „Dad bringt dich um!“ ruft sie entsetzt und wendet sich von Holden ab.

22

Holden „beichtet“ seiner kleinen Schwester, wie es in Pencey zuging und weshalb er es dort nicht mehr aushalten konnte: „Aus tausend Gründen. Pencey ist fast die schlimmste Schule, in der ich gewesen bin ... Ich mag überhaupt nicht davon reden. So eine elende Dreckschule. Gott, Phoebe, ich kann dir nicht alles erklären. Ich habe einfach nichts von all dem ausstehen können, was in Pencey passierte. Ich kann's nicht erklären.“
Daraufhin sagte Phoebe etwas, aber ich konnte sie nicht verstehen. Sie hatte den Mund so im Kissen, daß man sie nicht verstehn konnte.
„Was?“ frage ich. „Komm mit deinem Mund aus dem Kissen. Ich versteh kein Wort, wenn du so da liegst.“
„Du kannst überhaupt nichts ausstehn.“
Als sie das sagte, wurde ich noch viel deprimierter.
„Doch. Doch, sicher. Sag das nicht. Warum zum Kuckuck sagst du so etwas?“
„Weil du gar nichts gern hast. Die Schulen hast du nicht gern, und überhaupt alles hast du nicht gern. Einfach nichts.“
„Doch! Da täuschst du dich — in dem Punkt täuschst du dich wirklich! Warum zum Kuckuck mußt du so etwas sagen?“ Herr im Himmel, sie deprimierte mich wahnsinnig.
„Weil es so ist“, sagte sie. „Oder sag irgend etwas, was du gern hast.“
„Irgend etwas? Was ich gern habe?“ fragte ich. „Schön.“
Dummerweise konnte ich mich nicht richtig konzentrieren. Manchmal ist das schwierig.
„Etwas, was ich richtig gern habe?“ fragte ich.
Sie gab keine Antwort. Sie lag drüben auf der andern Seite im Bett.
„Was?“ sagte ich zu Phoebe. Sie hatte irgend etwas zu mir gesagt, aber ich hatte nicht zugehört.

„Du kannst überhaupt nichts aufzählen?"
„Doch, das kann ich. Doch, das kann ich."
„Gut, dann sag's."
„Allie hab ich gern", sagte ich. „Und was ich grade jetzt tue. Hier bei dir sitzen und reden und an alles mögliche denken und —"
„Allie ist tot. Das sagst du ja immer. Wenn jemand tot ist und im Himmel und so, dann ist er nicht wirklich —"
„Natürlich ist er tot! Meinst du, ich wüßte das nicht? Aber ich kann ihn trotzdem gern haben! Nur weil jemand tot ist, hört man doch nicht einfach auf, ihn gern zu haben, du lieber Gott — besonders wenn einer tausendmal netter war als alle lebendigen Leute, die man kennt."
Phoebe gab keine Antwort. Wenn ihr nichts einfällt, sagt sie kein einziges blödes Wort.
„Jedenfalls gefällt es mir jetzt", sagte ich. Ich meine jetzt grade. Hier bei dir zu sitzen und einfach zu schwätzen und Blödsinn —"
„Das ist nicht wirklich etwas!"
„Allerdings ist das wirklich etwas! Selbstverständlich! Warum zum Kuckuck denn nicht? Die Leute meinen immer, etwas sei nicht wirklich etwas. Das hab ich allmählich schon verdammt satt."
„Hör auf zu fluchen. Also schön, sag etwas anderes. Sag etwas, was du gern sein möchtest. Wie ein Gelehrter. Oder ein Rechtsanwalt oder was."
„Ich könnte kein Gelehrter werden. Für so etwas bin ich nicht begabt."
„Schön, dann Rechtsanwalt — wie Dad und so."
„Rechtsanwälte sind schon recht, vermutlich — aber mich lockt das nicht", sagte ich. „Ich meine, sie sind mir recht, wenn sie unschuldigen Leuten das Leben retten, aber das tut man als Rechtsanwalt ja gar nicht. Man verdient nur einen Haufen Geld und spielt Golf und Bridge und kauft Autos und trinkt Martinis und sieht furchtbar bedeutend aus. Und außerdem — auch wenn man irgendwelchen Leuten das Leben retten würde, woher könnte man sicher wissen, ob man das getan hat, weil man ihnen wirklich das Leben retten wollte, ober ob man es tut, weil man nur ein fabelhafter Anwalt sein wollte, dem alle auf die Schulter klopfen und im Gerichts-

saal gratulieren, wenn die verdammte Verhandlung vorbei ist — die Reporter und alle, so wie es in den elenden Filmen ist? Woher würde man wissen, daß man nicht nur ein Heuchler ist? Das Schlimme ist eben, daß man es nicht wüßte."
Ich bin nicht ganz sicher, ob die gute Phoebe verstand, von was zum Teufel ich redete. Sie ist ja noch ein kleines Kind. Aber wenigstens hörte sie zu. Wenn jemand wenigstens zuhört, ist alles weniger schlimm.
„Dad bringt dich um. Er bringt dich um!" sagte sie.
Ich hörte ihr aber nicht zu. Ich dachte an etwas ganz anderes — etwas Verrücktes. „Weißt du, was ich gern sein möchte?" fragte ich. „Weißt du, was ich sein möchte? Ich meine, wenn ich die Wahl hätte?"
„Was? Fluch nicht so."
„Kennst du das Lied ‚Wenn einer einen andern fängt, der durch den Roggen läuft'? Ich wäre gern —"
„Es heißt ‚Wenn einer einen andern trifft, der durch den Roggen läuft!" sagte Phoebe. „Das ist ein Gedicht von Robert Burns."
„Das weiß ich auch, daß es ein Gedicht von Robert Burns ist."
Sie hatte aber ganz recht. Es heißt ‚Wenn einer einen andern trifft, der durch den Roggen läuft'. Damals wußte ich das allerdings noch nicht.
„Ich dachte, es hieße ‚Wenn einer einen andern fängt", sagte ich. „Aber jedenfalls stelle ich mir immer kleine Kinder vor, die in einem Roggenfeld ein Spiel machen. Tausende von kleinen Kindern, und keiner wäre in der Nähe — kein Erwachsener, meine ich — außer mir. Und ich würde am Rand einer verrückten Klippe stehen. Ich müßte alle festhalten, die über die Klippe hinauslaufen wollen — ich meine, wenn sie nicht achtgeben, wohin sie rennen, müßte ich vorspringen und sie fangen. Ich wäre einfach der Fänger im Roggen. Ich weiß schon, daß das verrückt ist, aber das ist das einzige, was ich wirklich gern wäre. Ich weiß natürlich, daß das verrückt ist."
Phoebe sagt lange nichts. Schließlich sagte sie nur: „Dad bringt dich um." (S. 123 ff.)

23

Nach dem Gespräch mit Phoebe entschließt sich Holden, da er noch nicht zu Hause bleiben und seinen Eltern gegenübertreten will, seinen früheren Englischlehrer Mr. Antolini anzurufen. Dr. Antolini fordert Holden auf, zu ihm zu kommen. Als Holdens Eltern nach Hause zurückkehren, versteckt sich Holden schnell im Kleiderschrank und schleicht sich später, nachdem Phoebes Mutter das Zimmer verlassen hat und Phoebe ihm noch etwas Geld zugesteckt hat, im Dunkeln aus dem Haus.

24

Holden begibt sich zu den Antolinis und berichtet Mr. Antolini über seinen „Durchfall" in Pencey. Dieser fragt ihn:
„Aber du bist dir natürlich klar darüber, daß sich dein Vater deinetwegen große Sorgen macht."
„Ja, das weiß ich, das weiß ich", sagte ich.
„Bevor er mich anrief, hatte er offenbar gerade einen langen und eher beunruhigenden Brief von deinem letzten Rektor bekommen — des Inhalts, daß du dich absolut nicht anstrengtest. Daß du Stunden schwänzt — und dich für keine Lektion vorbereitest. Kurz ausgedrückt, daß du auf der ganzen Linie —"
„Ich habe keine Stunden geschwänzt. Das durfte man nicht. In ein paar bin ich ein paarmal nicht gegangen, aber geschwänzt habe ich keine."
Ich war nicht in der Stimmung für eine Diskussion. Nach dem Kaffee war es mir im Magen besser, aber ich hatte immer noch diese fürchterlichen Kopfschmerzen.
Mr. Antolini zündete sich wieder eine Zigarette an. Er rauchte unsinnig viel. Dann sagte er: „Offen gesagt, weiß ich gar nicht, was ich dir noch sagen soll, Holden."
„Ich weiß. Man kann schwer mit mir sprechen, das weiß ich."
„Ich habe das Gefühl, daß du dich irgendeinem schrecklichen, schrecklichen Sturz näherst. Aber ich könnte nicht sagen, welcher Art ... Hörst du mir zu?"
„Ja."
Offensichtlich versuchte er sich sehr zu konzentrieren.

„Es kann die Art von Herunterkommen sein, daß du im Alter von dreißig Jahren in irgendeiner Bar sitzt und einen Haß gegen jeden fühlst, der so aussieht, als ob er im College Fußball gespielt hätte. Oder vielleicht eignest du dir auch gerade so viel Bildung an, daß du alle die Leute unerträglich findest, die mir und mich verwechseln. Oder du landest in irgendeinem Büro, wo du die zunächst sitzende Stenotypistin mit Papierklammern bewirfst. Aber verstehst du überhaupt, was ich mit all dem meine?"
„Ja, natürlich", sagte ich. Das stimmte auch. „Aber Sie täuschen sich mit dem, was Sie von Haß gesagt haben. Ich meine, daß ich Fußballspieler und so weiter hassen würde. Ich hasse nicht viele Leute. Vielleicht wären sie mir eine kurze Zeit verhaßt, so wie dieser Stradlater in Pencey und der andere dort, Robert Ackley. Ich gebe das zu, daß ich die manchmal gehaßt habe, aber es dauert nie lang, meine ich. Wenn ich sie eine Zeitlang nicht gesehen hatte, wenn sie nicht in mein Zimmer kamen oder wenn sie sogar ein paarmal nicht unten beim Essen erschienen, dann fehlten sie mir eigentlich. Ich meine, irgendwie fehlten sie mir."
Er versuchte sich wieder zu konzentrieren. Dann sagte er: „Dieser Sturz oder Abstieg, den ich voraussehe, ist von besonderer Art — eine besonders furchtbare Art von Sturz. Der Abstürzende selbst fühlt oder hört sich nicht unten aufschlagen. Er fällt und fällt nur. Das gilt für alle die Menschen, die zu irgendeiner Zeit ihres Lebens etwas gesucht haben, das ihre Umwelt ihnen nicht bieten konnte. Oder etwas, wovon sie dachten, daß es ihnen die Umwelt nicht bieten könne. Infolgedessen gaben sie das Suchen auf. Sie gaben es auf, bevor sie überhaupt wirklich angefangen hatten. Kannst du mir folgen?"
„Ja, Sir."
„Wirklich?"
„Ja."
„Allmählich wirst du dir wohl darüber klarwerden müssen, welche Richtung du einschlagen willst. Und dann mußt du dich auf den Weg machen. Aber ohne Aufschub. Du kannst es dir nicht leisten, noch eine Minute zu verlieren. Du nicht."
Da er mich ansah, nickte ich natürlich, aber es war mir nicht ganz

klar, von was er redete. Ich war ziemlich sicher, daß ich ihn richtig verstand, aber doch nicht ganz. Ich war zu verflucht müde.
„Und — das sage ich sehr ungern —" sagte er, „aber ich glaube, sobald du einen Begriff davon hast, in welche Richtung du gehen willst, wird dein erster Schritt darin bestehen, daß du dir in der Schule Mühe gibst. Es geht nicht anders. Du hast zu lernen — ob dir diese Vorstellung nun sympathisch oder unsympathisch ist — vorausgesetzt, daß du es wirklich willst und danach suchst und darauf wartest — immer näher zu den Kenntnissen vordringen, die dir sehr, sehr kostbar sein werden. Unter anderem siehst du dann, daß du nicht der erste Mensch bist, den das Verhalten seiner Mitmenschen verwirrte und bedrückte. Du stehst in der Hinsicht durchaus nicht allein; dieses Wissen wird dich erregen und anfeuern. Unzählige Menschen waren schon in derselben moralischen und geistigen Verwirrung, die du jetzt gerade durchmachst. Glücklicherweise haben einige von ihnen darüber Bericht erstattet. Von ihnen wirst du lernen, falls du wirklich willst. Genauso wie eines Tages, wenn du selbst etwas zu bieten hast, auch irgendwelche anderen wieder von dir lernen werden. Das ist eine wunderbare Gegenseitigkeit. Kannst du mir überhaupt folgen?"
„Ja, Sir."
Er schwieg wieder ziemlich lange. Ich weiß nicht, ob es andern auch so geht, aber mir fällt es sehr schwer, einfach dazusitzen und zu warten, bis jemand wieder etwas sagt, während er nachdenkt und so. Ich finde es wirklich anstrengend. Ich versuchte fortwährend, mein Gähnen zu unterdrücken. Nicht daß ich mich gelangweilt hätte oder so — das gar nicht —, aber ich war plötzlich so verdammt schläfrig.
„Noch etwas, das eine akademische Bildung dir vermitteln wird. Wenn du eine gewisse Strecke zurückgelegt hast, entsteht durch diese Bildung ein Gefühl für deine geistigen Möglichkeiten. Eine Vorstellung davon, was geistig für dich paßt und vielleicht auch, was nicht für dich paßt. Nach einiger Zeit entwickelst du ein Gefühl dafür, welche Art von Gedanken dir gemäß sind — welche deiner geistigen Größe sozusagen anstehen. Das kann dir außerordentlich viel Zeit ersparen, in der du sonst Ideen anprobieren würdest,

die dir nicht stehen, die nicht zu dir passen. Du wirst deine wirklichen Maße kennenlernen und dich geistig dementsprechend anziehen.“ (S. 136ff.)
Holden übernachtet bei den Antolinis, muß aber in der Nacht etwas „furchtbar Peinliches“, einen perversen Annäherungsversuch Mr. Antolinis erleben und verläßt Hals über Kopf dessen Wohnung.

25

Um nicht Phoebes Geld auszugeben, übernachtet Holden im Wartesaal einer U-Bahn-Station, der Grand Central Station. „Es war nicht besonders schön. Freiwillig versuchen soll das niemand. Im Ernst. Man wird nur deprimiert.“ (S. 142) Am nächsten Morgen bummelt er über die Fifth Avenue, vom Hunger und den Strapazen geschwächt, beschließt ganz von zu Hause weg und in den Westen zu gehen, in der Hoffnung, aus gesellschaftlichen Zwängen ausbrechen zu können und seine Sehnsüchte nach Freiheit und Ungebundenheit, nach unerreichbaren Zielen realisieren zu können: „Schließlich beschloß ich, wirklich wegzugehen. Ich wollte nie mehr nach Hause und nie mehr in eine Schule gehen. Nur Phoebe wolle ich noch einmal sehen und mich von ihr verabschieden und ihr das Geld zurückgeben, und dann wollte ich nach Westen trampen, wo es schön und sonnig wäre und mich niemand kennen würde. Dort fände ich sicher Arbeit in irgendeiner Tankstelle und könnte den Leuten Benzin und Öl in ihre Autos füllen. Es war mir auch gleichgültig, welche Art von Arbeit ich finden würde. Wenn mich nur niemand kannte und ich auch keinen Menschen kannte. Ich dachte mir aus, daß ich mich taubstumm stellen würde. Auf diese Weise brauchte ich keine verdammten, blöden, nutzlosen Gespräche mit irgend jemand zu führen. Dann hätte ich für den Rest meines Lebens alle Gespräche hinter mir. Alle würden mich für einen armen taubstummen Hund halten und mich in Ruhe lassen. Ich müßte nur Benzin und Öl in ihre blöden Autos füllen und bekäme ein Gehalt dafür, und von dem verdienten Geld würde ich mir irgendwo eine kleine Blockhütte bauen und dort für den Rest meines Lebens bleiben. Die Hütte müßte am Waldrand stehen, aber nicht im Wald drinnen, damit sie immer ganz sonnig wäre. Ich würde mir selber kochen, und später, falls ich heiraten wollte oder so, würde mir dieses schöne Mädchen begegnen, ebenfalls eine Taubstumme, und wir würden heiraten. Sie würde zu mir in die Blockhütte ziehen, und wenn sie mir etwas zu sagen hätte, müßte sie es auf einen verdammten Zettel schreiben ... Diese Vorstellung erregte mich. Im Ernst." (S. 145 f.)

Er sucht die Schule auf, in der sich Phoebe befindet, läßt ihr einen Zettel zukommen mit der Nachricht, daß er sie vor dem Kunstmuseum erwarte, besucht inzwischen selber das Kunstmuseum, erlebt im Mumienraum den „Stillstand der Zeit", fühlt sich durch eine ihm immer wieder begegnende Inschrift bedroht, verläßt den Mumienraum, wird ohnmächtig und trifft endlich Phoebe, die eine großen Koffer schleppt und angibt, zusammen mit Holden weggehen zu wollen. Dier Umstand bewirkt Holdens Sinnesänderung: „Ich gehe überhaupt nirgends hin. Ich hab's mir anders überlegt. Ich geh heim ..." (S. 152) Beide gehen in den Zoo, dann zu einem Karussell, auf dem Phoebe herumfährt. „Ich war plötzlich so verflucht glücklich, weil Phoebe immer im Kreis herumfuhr. Ich hätte beinah geheult, so verflucht glücklich war ich, falls das jemand interessiert. Ich weiß nicht warum. Einfach weil sie so verdammt nett aussah, während sie dort herumfuhr — in ihrem blauen Mantel und allem. Großer Gott, so was muß man gesehen haben." (S. 156)

26

Holden kehrt nach Hause zurück, wird aber in eine Anstalt gebracht, in der er sich erholen soll. Dort verfaßt er den Bericht, den wir bereits kennengelernt haben. Er beschließt ihn mit folgenden Worten: „Das ist alles, was ich erzählen wollte. Ich könnte zwar noch erzählen, wie es weiterging, als ich heimkam, und wie ich krank wurde und so, und in was für eine Schule ich nächsten Herbst gehen soll, wenn ich von hier wegkomme, aber ich habe keine Lust dazu. Im Ernst. Dieses Zeug interessiert mich jetzt nicht besonders.

Viele Leute, vor allem der Psychoanalytiker hier im Haus, wollen immer von mir wissen, ob ich mir mehr Mühe geben werde, wenn ich nächsten September wieder in die Schule gehe. Meiner Meinung nach ist das eine blöde Frage. Wie soll man denn wissen, was man tun wird, bevor man es wirklich tut? Die Antwort ist, daß man es eben nicht weiß. Ich glaube, daß ich mir dann mehr Mühe gebe, aber wie kann ich es wissen? Ich finde diese Frage wirklich dumm. Das ist sicher." (S. 156)

HOLDEN CAULFIELDS GESELLSCHAFTSKRITIK

In Jerome David Salingers Roman „Der Fänger im Roggen" steht der siebzehnjährige Gymnasiast Holden Caulfield im Mittelpunkt. Der Roman ist ein persönlicher Bericht des Romanhelden, eine eigene Darstellung der Erlebnisse, Erfahrungen, Einsichten und Erkenntnisse des sensiblen, unausgeglichenen, frühreifen, aber nichtsdestoweniger alle Schwächen seiner Umwelt, seiner Mitmenschen und der Gesellschaft scharfäugig erkennenden und treffend beurteilenden Jugendlichen. Daß er seine Einsichten und Erkenntnisse dabei im typisch schnoddrigen, schockierenden und ungehemmten Jargon seiner Altersklasse wiedergibt, erhöht den Reiz seiner Aussageform. Insofern sind sie nichts anderes als eine Situationsanalyse und Gesellschaftskritik zunächst der amerikanischen, darüber hinaus aber auch im allgemeinen der Großstadt- und Wohlstandsgesellschaft unserer Zeit.
Holden Caulfield weiß, daß er in diese Zeit hineingestellt ist, „aber alles in ihm wehrt sich dagegen, Mitglied einer Gesellschaft zu werden, die ihm in leergelaufener Tradition und hohlem Konformismus erstarrt, ja entmenschlicht zu sein scheint. Es ist kein Rebell im eigentlichen Sinn; ihm ist vom Autor die Rolle aufgetragen, in einem Zwischenstadium des Lebens fast seismographisch genau die von einer fragwürdig gewordenen Umwelt ausgehenden Impulse zu registrieren und ihre Wirkung auf ihn in seine Sprache zu übertragen und seinem „Weltbild" entsprechend „wiederzugeben." (Gertrud Baruch).

Die wichtigsten Lebensbereiche, die Holden Caulfield kennenlernt und deren Zustand er kritisiert, sind folgende:

I. Die Schule
II. Die Jugendlichen (Kameraden: Jungen und Mädchen)
III. Die Erwachsenen (ihre Lebensgewohnheiten und Lebensideale)
IV. Die Literatur, das Kino und Theater, das Showgeschäft
V. Der Bereich der Sexualität

In all diesen Lebensbereichen stößt Holden Caulfield auf eine fundamentale Konformität und Verlogenheit der Lebensformen. Das „wirft ihn fast um", bestärkt seinen Abscheu gegen die Gesellschaft, weckt seinen Zorn und seine Haß. Was ihn anwidert, ist die Oberflächlichkeit, Scheinheiligkeit, Falschheit, Angeberei, die Selbstsucht, der Materialismus, die Gewinnsucht, die Besitzgier, die innere Leere, die Hohlheit und das falsche Pathos der Welt um ihn her. Sie sind es, die in „ankotzen" und die er in seinen „Bekenntnissen" anprangern und bloßstellen will.
Wie ist diese Welt beschaffen, die Holden Caulfield immer wieder „aufstößt"? Lassen wir ihn selber in seiner pubertär bedingten, primitiv-vulgären Ausdrucksweise sprechen und die fünf obengenannten Lebensbereiche kennzeichnen.

I. DIE SCHULE

Pencey befindet sich in Agerstown in Pensylvanien. Wahrscheinlich hat jeder schon von dieser Schule gehört oder mindestens die Inserate gelesen. Sie machen ungefähr in tausend Magazinen Reklame und bilden immer einen schneidigen Jüngling ab, der hoch zu Roß ein Hindernis nimmt. Es soll so aussehen, als ob in Pencey die ganze Zeit Polo gespielt werde. Unter dem Bild steht in jedem Inserat: „Seit 1888 formen wir unsere Schüler zu fähigen, klardenkenden jungen Männern." Reines Geschwätz. In Pencey wird ebensowenig „geformt" wie in jeder anderen Schule. Und mir ist dort

keiner begegnet, der fähig und klardenkend gewesen wäre. Vielleicht höchstens zwei, aber wahrscheinlich waren die schon so, bevor sie nach Pencey kamen.“ (S. 5)
Du solltest einmal in eine Jungenschule gehen. Dort sind lauter verlogene Heuchler, und man soll immer nur lernen, damit man sich später einen verdammten Cadillac kaufen kann, und man muß immer so tun, als ob es einem wichtig wäre, daß die Fußballmannschaft gewinnt, und man schwätzt den ganzen Tag nur über Mädchen und Alkohol und sexuellen Mist, und alle kleben in dreckigen Cliquen zusammen. (S. 97)
Pencey ist fast die schlimmste Schule, in der ich gewesen bin. Lauter verlogene Affen. Und gemeine Esel. So viele gemeine Esel auf einem Haufen sieht man in seinem ganzen Leben nicht mehr. Wenn sie zum Beispiel einen Budenzauber in irgendeinem Zimmer hatten und einer dabeisein wollte, hat ihn niemand hereingelassen, wenn es irgendein doofer Kerl mit Pickeln oder so war. Immer haben alle die Tür zugeschlossen, wenn einer herein wollte. Und dann haben sie diese verdammten Cliquen. Einer, Robert Ackley, ein furchbar Langweiliger mit Pickeln, wollte auch mitmachen, aber ihn nahmen sie einfach nicht auf. Einfach nur, weil er so langweilig war und Pickel hatte. So eine elende Dreckschule. (S. 123)
Sogar die paar netten Lehrer waren Heuchler. Zum Beispiel dieser alte Mr. Spencer. Du hättest ihn sehen sollen, wenn der Rektor, dieser Thurmer, in die Geschichtsstunde kam und sich hinten an die Wand setzte. Er kam immer und blieb ungefähr eine halbe Stunde dort sitzen. Dann fing er an, den alten Spencer zu unterbrechen und blöde Witze zu machen. Und dieser Spencer brachte sich fast um mit Kichern und Lächeln und allem, als ob der Thurmer ein verdammter Fürst oder was weiß ich wäre. (S. 123)
Ein Hauptgrund, warum ich von Elkton Hills fortging, war, daß lauter blasierte Heuchler dort waren. Sie kamen aus allen Ritzen. Zum Beispiel der Rektor, Mr. Haas, war der verlogenste Hund, dem ich je begegnet bin. Hundertmal schlimmer als Thurmer. An Sonntagen zum Beispiel ging er herum und begrüßte alle Eltern, die auf Besuch kamen. Dann war er unbeschreiblich charmant. Ausgenommen, wenn einer komische Eltern hatte. Es war sehenswert, wie er

die Eltern behandelte. Ich meine, wenn eine Mutter dick und schlecht angezogen war oder so und wenn ein Vater einen Anzug mit wuchtigen Schultern anhatte und geschmacklos schwarzweiße Schuhe, dann gab ihnen Haas nur schnell die Hand und lächelte blasiert und redete ein gute halbe Stunde lang mit anderen Eltern. So etwas kann ich nicht ausstehen. Es macht mich rasend. Es deprimiert mich so, daß ich verrückt werde. Die ganze verdammte Schule war mir verhaßt. (S. 14)

II. DIE JUGENDLICHEN (KAMERADEN: JUNGEN UND MÄDCHEN)

A. Jungen

1. Robert Ackley

Er war ein komischer Kerl. Er bewohnte das Zimmer neben uns und machte fast nie bei etwas mit. Er war ein Senior und seit vier Jahren in Pencey, aber niemand nannte ihn anders als Ackley. Nicht einmal Herb Gale, der das Zimmer mit ihm teilte, nannte ihn Bob oder auch nur Ack. Falls er jemals heiratet, nennt ihn vermutlich auch seine eigene Frau „Ackley". Er war sehr groß — ungefähr 1,93 —, mit hängenden Schultern und schlechten Zähnen. In der ganzen Zeit dort habe ich nie gesehen, daß er sich die Zähne geputzt hätte. Sie sahen immer mehr moosig und gräßlich aus, und es konnte einem schlecht werden, wenn er beim Essen den ganzen Mund voll Kartoffelbrei oder Erbsen oder was weiß ich hatte. Außerdem war er mit Pickeln bedeckt. Nicht nur auf der Stirn oder auf dem Kinn wie die meisten andern, sondern über das ganze Gesicht. Und nicht nur das, er war überhaupt ein ekelhafter Charakter, irgendwie schmierig. Ich schwärmte nicht gerade für ihn, ehrlich gesagt. Er schwätzte mit seiner monotonen Stimme daher und fingerte an seinen sämtlichen Pickeln herum ... Ich ging fast nie in sein Zimmer. Es war immer ein sonderbarer Gestank darin, weil er so unsauber war. „In diesem Zimmer stinkt es", sagte ich. Ich kann sogar von hier aus deine Socken riechen. Gibst du sie nie zum Waschen?"
„Wenn's dir nicht paßt, weißt du ja, was du tun kannst", sagte er. Dieser Ackley hatte so ziemlich alles, was ein Mensch nur haben kann. Stirnhöhlengeschichten, Pickel, schlechte Zähe, Mundgeruch, abscheuliche abgebissene Fingernägel. Der arme Hund konnte einem leid tun. (S. 18, 30—38)

2. Ward Stradlater

Stradlater kam in großer Eile herein. Er war immer eilig. Alles bei ihm war furchtbar wichtig. Er lief immer mit nacktem Oberkörper herum, weil er sich für fabelhaft gut gewachsen hielt. Dabei war er ebenso schlampig wie Ackley, nur in anderer Art. Er war sozusagen mehr im geheimen schlampig. Er sah immer korrekt aus, aber sein Rasiermesser zum Beispiel war sehenswert. Es war immer ganz verrostet und mit altem Seifenschaum und Haaren und was weiß ich verklebt. Er putzte es überhaupt nie. Er sah immer gut aus, wenn er sich hergerichtet hatte, aber im geheimen war er trotzdem unsauber. Er pflegte sein Aussehen nur deshalb so, weil er wahnsinnig in sich selber verliebt war. Er hielt sich für den schönsten Burschen der westlichen Hemisphäre. Ich muß zugeben, daß er ziemlich gut aussah. Ungefähr die Hälfte seines Lebens verbrachte er vor dem Spiegel. Dann stand er da und strich sich dabei auf seiner nackten Brust und dem Bauch herum, mit einem furchtbar blöden Gesichtsausdruck. Er rieb sich immer den Bauch und die Brust. Er war wahnsinnig in sich verliebt. (S. 22—33)

3. Ernest Morrow

Ernest Morrow war zweifellos einer der größten Schweinehunde, die in der ganzen Pencey-Chronik vorgekommen sind. Wenn er geduscht hatte, lief er immer im Gang herum und klatschte den andern sein tropfnasses Handtuch auf den Arsch. Dieser Typ von Witzbold war er. (Seine Mutter behauptet, er sei sensibel.) Dieser Morrow war ungefähr ebenso sensibel wie ein verdammter Klosettsitz. So ein Typ wie Morrow, der immer mit seinem Handtuch andern auf den Arsch schlägt, um den andern wirklich weh zu tun, ist ja nicht nur in seiner Kindheit ein Schwein. Er bleibt ein ganzes Leben lang ein Schwein. (S. 43—45)

4. Harris Macklin

In Elkton Hills wohnte ich zwei Monate lang mit einem Harris Macklin im gleichen Zimmer. Er war sehr intelligent, aber einer der schrecklichsten Langweiler, die man sich vorstellen kann. Er hatte eine knarrende Stimme und redete sozusagen pausenlos. Er redete pausenlos, und noch schlimmer war, daß er nie etwas erzählte, was man hören wollte. Aber etwas konnte er. Dieser blöde Hund konnte besser pfeifen als irgend jemand, den ich je gehört habe. Wenn er sein Bett machte oder seine Sachen in den Schrank hängte — er hatte immer etwas im Schrank aufzuhängen, ich wurde fast wahnsinnig davon —, pfiff er dabei, falls er nicht mit seiner knarrenden Stimme redete. Er konnte sogar klassische Musik pfeifen, aber meistens pfiff er nur Jazz. Die verrücktesten Jazzmelodien pfiff er so spielend und natürlich — während er dabei seine Sachen in den Schrank hängte —, daß man ganz erschlagen war. Ich sagte ihm selbstverständlich nie, daß ich sein Pfeifen fabelhaft fände. Man kann nicht einfach so zu jemand sagen: „Du pfeifst fabelhaft." Aber ich blieb zwei ganze Monate mit ihm zusammen — nur weil er so pfeifen konnte, obwohl er mich so langweilte, daß ich fast wahnsinnig wurde. Ich kann also die langweiligen Leute nicht beurteilen. Vielleicht sollte es einem gar nicht so leid tun, wenn ein sympathisches Mädchen so einen heiratet. Die meisten tun keinem Menschen etwas zuleide, und vielleicht können alle im geheimen fabelhaft pfeifen oder sonst etwas. Wer zum Teufel kann das wissen? Ich nicht. (S.91)

5. Al Pike/Bob Robinson

Da war dieser schreckliche Al Pike, der in Choate war. Er lungerte immer am Schwimmbassin herum. Er hatte weiße Lastex-Badehosen und sprang immer vom hohen Sprungbrett herunter. Den ganzen Tag machte er den gleichen blöden Überschlag. Das war der einzige Sprung, den er konnte, aber er hielt sich für eine große Kanone. Lauter Muskeln und kein Hirn.
Und dann war da noch Bob Robinson. Er hatte wirklich einen Minderwertigkeitskomplex. Man merkte deutlich, daß er sich schämte, weil seine Eltern ungebildet waren und mir und mich verwechselten und nicht viel Geld hatten. Er war aber durchaus kein gemeiner Esel oder etwas in der Art. Er war sogar sehr nett.

6. Carl Luce

Carl Luce hatte in Whooton das Abschlußexamen gemacht, nachdem ich dort ausgetreten war. Er war ungefähr drei Jahre älter als ich und nicht besonders sympathisch, aber er war schon damals ein richtiger Intellektueller, er schnitt in Whooton mit den besten Noten von allen ab. Manchmal war er sehr anregend. Jetzt ging er auf die Columbia-Universität. Dieser Luce! Das war einer! In Whooton hatte er das Amt gehabt, meine Schularbeiten zu beaufsichtigen, aber er pflegte immer nur über sexuelles Zeug zu dozieren. Damit kannte er sich recht gut aus, besonders in bezug auf Perverse und so. Er war über jeden Schwulen und jede Lesbierin in den Vereinigten Staaten informiert. Man brauchte nur irgendeinen beliebigen Namen zu erwähnen, dann teilte der gute Luce mit, ob der Betreffende pervers oder normal war. Komischerweise war aber wohl gerade Luce selbst ein bißchen schwul. Ich habe in den Schulen eine ganze Reihe von dieser Art kennengelernt. Deshalb hatte ich immer meine Zweifel über den guten Luce selber. Er war übrigens recht intelligent, das muß man sagen. (S. 101—106)

7. James Castle

Da war einer, der in Elkton Hills gewesen war, James Castle. Dieser James Castle weigerte sich, etwas zurückzunehmen, was er über einen furchtbar eingebildeten Hund namens Phil Stabile gesagt hatte. Er hatte gesagt, Phil Stabile sei eingebildet, und einer von Stabiles blöden Freunden sagte es diesem Stabile weiter. Daraufhin ging Stabile mit ungefähr sechs anderen gemeinen Hunden in James Castles Zimmer und schloß die verdammte Tür ab und wollte, daß Castle es zurücknähme, aber er weigerte sich. Dann gingen sie auf ihn los. Ich will nicht erzählen, was sie mit ihm machten — es ist zu abscheulich —, aber der gute Castle wollte es trotzdem nicht zurücknehmen. Und dabei war er ein magerer, schwächlich aussehender kleiner Kerl mit bleistiftdünnen Handgelenken. Anstatt seine Behauptung zurückzunehmen, sprang er schließlich aus dem Fenster. Ich war gerade im Duschraum und hörte sogar, wie er unten aufschlug. Aber ich meinte, es sei nur irgend etwas aus dem Fenster gefallen, ein Radio oder ein Tisch oder was weiß ich, nicht ein Mensch oder so. Dann hörte ich alle durch die Gänge und die Treppe hinunterrennen und zog den Morgenrock an und rannte auch hinunter, und dort lag James Castle mitten auf der Steintreppe vor dem Haus. Er war tot, und alles war voll Blut, und seine Zähne lagen überall herum, und keiner wollte auch nur näher rangehen. Er hatte einen Pullover mit Rollkragen an, den ich ihm geliehen hatte. Die Schüler, die bei ihm im Zimmer gewesen waren, wurden nur relegiert. Sie kamen nicht einmal ins Gefängnis. (S. 125)

B. Mädchen

1. Selma Thurmer

Selma Thurmer — die Tochter des Rektors — tauchte oft bei den sportlichen Wettkämpfen, auf, aber sie war nicht ganz der Typ, in den man sich wahnsinnig hätte verknallen können. Immerhin war sie ein ganz nettes Ding. Einmal saß sie im Autobus neben mir, und wir machten Konversationen. Da gefiel sie mir. Sie hatte eine große Nase und bis aufs Fleisch abgebissene, blutig aussehende Fingernägel, nur trug sie einen von diesen blöden Schaumgummibusen, die so spitz hervorstehen. Aber irgendwie tat sie einem leid. Es gefiel mir vor allem, daß sie einem kein Süßholz herunterraspelte ... (S.6)

2. Jane Gallagher

Jane war ein sonderbares Mädchen. Ich würde sie im strengen Sinne nicht als schön bezeichnen. Aber ich war trotzdem von ihr begeistert. Wenn sie über etwas redete und dabei aufgeregt wurde, bewegten sich ihre Lippen in fünfzig Richtungen gleichzeitig. Das wirft mich um. Sie machte den Mund überhaupt nie ganz zu. Er stand immer ein bißchen offen, besonders wenn sie Golf spielte

oder las. Sie las die ganze Zeit, und zwar sehr gute Bücher. Einen Haufen Gedichte und so weiter. Sie war der einzige Mensch außerhalb meiner Familie, dem ich Allies Baseball-Handschuh mit den Gedichten zeigte. Sie hatte Allie nicht mehr kennengelernt, weil sie in diesem Sommer zum erstenmal nach Maine kam — früher war sie in Cape Cod —, aber ich erzählte ihr viel von ihm. Sie interessierte sich für solche Sachen.
Meine Mutter hatte Jane nicht besonders gern. Sie meinte immer, Jane und ihre Mutter wollten sie von oben herab behandeln, wenn sie ihr nicht guten Tag sagten. Meine Mutter sah sie oft beim Einkaufen, weil Jane immer mit ihrer Mutter in einem La-Salle-Kabriolett auf den Markt fuhr. Meine Mutter fand Jane nicht einmal hübsch. Aber ich war andrer Ansicht. Sie gefiel mir einfach.
Man darf aber nicht meinen, sie wäre so ein verdammter Eisberg, weil wir uns nie küßten oder so. Das war sie durchaus nicht. Zum Beispiel hielten wir uns oft an der Hand. Vermutlich klingt das nach nichts Besonderem, aber sie war das richtige Mädchen zum Händehalten. Die meisten Mädchen haben sozusagen eine tote Hand, oder sie meinen im Gegenteil, sie müßten ihre Hand fortwährend bewegen, als ob sie Angst hätten, daß sie einen sonst langweilen. Jane war ganz anders. Wenn wir beide in ein blödes Kino gingen, gaben wir uns von Anfang an die Hand und blieben so sitzen, bis der Film zu Ende war. Dabei bewegten wir uns nie und machten überhaupt keine Geschichten daraus. Mit Jane brauchte man sich nicht einmal Sorge zu machen, ob man eine feuchte oder eine trockene Hand hatte. Man wußte nur, daß man glücklich war. Und mit ihr war man tatsächlich glücklich. (S.59—60)

3. Sally Hayes

Sally Hayes sah toll aus, das muß man sagen. Sie hatte einen schwarzen Mantel und eine Art schwarzes Béret an. Hüte trug sie fast nie, aber dieses Béret stand ihr sehr gut. Komischerweise hatte ich in dem Augenblick, als ich sie sah, Lust, sie zu heiraten. Ich hatte sie ja nicht einmal gern, aber trotzdem meinte ich plötzlich, ich sei in sie verliebt und wolle sie heiraten.

Sally war immer mit Herumschauen und Charmant-Sein beschäftigt. Und fortwährend sagte sie: „Den kenne ich von irgendwoher.“ Überall, wo man mit ihr hinging, kannte sie jemand oder bildete es sich wenigstens ein. Sie wiederholte es so oft, bis ich genug davon hatte und sagte: „Dann geh doch hin, wenn du ihn kennst und gib ihm einen Kuß. Das wird ihn freuen.“ Daraufhin war sie beleidigt. Als wir einmal Schlittschuh liefen, mietete sich Sally vorher so ein winziges blaues Röckchen. Sie wollte sich in so einem kurzen Röckchen sehen, was gerade so über den Hintern reicht. Es stand ihr auch verdammt gut, das muß ich zugeben. Und es soll nur niemand meinen, sie hätte das nicht gewußt. Sie lief immer vor mir her, damit ich sehen konnte, wie entzückend ihr kleines Hinterteil aussah. Es war auch entzückend, das kann man nicht leugnen. (S.92—95)

4. Über Mädchen im allgemeinen

Da ich sehr früh dort ankam, setzte ich mich auf ein Ledersofa in der Eingangshalle und betrachtete mir die Mädchen. Viele Schulen hatten schon Ferien, ungefähr eine Million Mädchen saßen und standen herum und warteten auf ihre Kavaliere. Mädchen mit übereinandergeschlagenen Beinen, Mädchen mit nicht übereinandergeschlagenen Beinen, Mädchen mit abscheulichen Beinen, Mädchen mit fabelhaften Beinen. Manche machten einen sehr sympathischen Eindruck, und manchen sahen so aus, als ob sie gemein wären, wenn man sie näher kennenlernte. Es war wirklich ein unterhaltender Anblick. Andererseits war es auch deprimierend, weil man immer darüber nachdenken mußte, was aus ihnen werden würde. Wenn sie aus der Schule und aus dem College kämen, meine ich. Die meisten heiraten wohl irgendwelche blöden Männer. Esel, die immer davon reden, wie viele Liter Benzin ihr Auto braucht. Esel, die wütend und kindisch werden, wenn man sie beim Golf schlägt oder auch nur bei irgendeinem so blöden Spiel wie Pingpong. Gemeine Esel. Esel, die nie ein Buch lesen. Tödlich langweilige Esel. — (S.91)
So ist es eben mit Mädchen. Jedesmal, wenn sie nett sind, auch wenn sie gar nicht besonders gut aussehen oder sogar wenn sie

dumm sind, verliebt man sich halb in sie, und dann weiß man gar nicht mehr, wo zum Teufel man eigentlich steht. Mädchen — großer Gott. Sie können einen verrückt machen, wirklich. (S.56)
Komisch, am liebsten habe ich es eigentlich, wenn man ein Mädchen wahnsinnig necken kann, aber bei den Mädchen, die mir am besten gefallen, habe ich nie besondere Lust dazu. Manchmal spürt man, daß sie sich gerne necken lassen würden — man weiß es ganz genau —, aber wenn man sie schon länger kennt und sie nie geneckt hat, ist es schwierig, damit anzufangen. (S.59) Und meistens, wenn man nah dran ist mit einem Mädchen, sagt sie, man solle aufhören. Mein Fehler ist, daß ich dann wirklich aufhöre. Die meisten andern hören nicht auf, aber ich kann das nicht. Man weiß nie, ob die Mädchen wirklich wollen, daß man aufhört, oder ob sie Angst haben, oder ob sie einfach nur sagen, man solle aufhören, damit man selber schuld ist und nicht sie. Jedenfalls höre ich immer auf. Mein Fehler ist, daß sie mir leid tun. Die meisten Mädchen sind so dumm, meine ich. Wenn man sie eine Weile lang küßt und so weiter, kann man sozusagen zusehen, wie sie den Verstand verlieren. Sobald ein Mädchen richtig leidenschaftlich wird, ist sie nicht mehr bei Trost. Ich weiß nicht. Wenn sie mir sagen, ich solle aufhören, höre ich auf. (S.69)
Mädchen sind komisch. Jedesmal, wenn man von irgendeinem Esel redet, der offensichtlich gemein oder furchtbar eingebildet oder ich weiß nicht was ist, antwortet das Mädchen, zu der man das sagt, er habe einen Minderwertigkeitskomplex. Vielleicht hat er tatsächlich einen, aber meiner Ansicht nach kann er deshalb doch ein gemeiner Hund sein. Man weiß nie, wie die Mädchen urteilen. Wenn die Mädchen jemand gern haben, ganz gleich, was für ein Mensch es ist, sagen sie eben, er habe einen Minderwertgkeitskomplex, und wenn sie ihn nicht gern haben, ganz gleich, wie nett er ist und wie groß sein Minderwertigkeitskomplex ist, dann behaupten sie, er sei eingebildet. Sogar die hellsten Mädchen sind so. (S.100)

5. Holden Caulfields Schwester Phoebe

Man kann sich kein netteres und klügeres Mädchen vorstellen. Sie ist wirklich klug. Seit sie in die Schule geht, hat sie immer die besten Noten. Tatsächlich bin ich der einzige Schwachkopf in der Familie. Mein Bruder D. B. ist Schriftsteller und so, und mein Bruder Allie, der gestorben ist, war überhaupt ein Hexenmeister. Nur ich bin unbegabt. Und Phoebe muß man gesehen haben. Sie hat rote Haare, ähnlich wie Allie, und im Sommer sind sie ganz kurz geschnitten. Im Sommer streicht sie die Haare hinter die Ohren. Sie hat reizende kleine Ohren. Im Winter werden die Haare ziemlich lang. Manchmal macht ihr meine Mutter Zöpfe, manchmal auch nicht. Sie sieht immer sehr hübsch aus. Sie ist erst zehn. Sie ist mager, so wie ich, aber nicht häßlich mager. Rollschuhlaufmager, das ist sie. Ich habe ihr einmal vom Fenster aus nachgesehen, als sie über die Fifth Avenue zum Park ging, und da wußte ich plötzlich: Sie ist rollschuhlaufmager. Jeder müßte sie gern haben. Wenn man ihr etwas erzählt, weiß sie genau, von was man redet. Man kann sie überallhin mitnehmen. Wenn man zum Beispiel mit ihr in einen schlechten Film geht, weiß sie, daß es ein schlechter Film ist. Wenn man mit ihr in einen guten Film geht, weiß sie, daß es ein guter Film ist ... Sie ist in Ordnung. Man muß sie gern haben. Ihre einzige Schwäche ist nur, daß sie manchmal ein bißchen zu gefühlvoll ist. Für ein Kind ist sie sehr emotional. Im Ernst. Übrigens schreibt sie die ganze Zeit Bücher. Nur macht sie sie nie fertig. Alle handeln von einem Mädchen namens Hazel Weatherfield — Phoebe schreibt das allerdings „Hazle". Hazle Weatherfield ist Detektivin. Sie ist angeblich eine Waise, aber ihr Vater taucht fortwährend auf. Er ist ein „großer, sympathischer Herr von ungefähr zwanzig Jahren." Das wirft mich jedesmal um. Diese gute alte Phoebe. Ich schwöre, daß sie jedermann gefallen würde. Schon als ganz kleines Kind war sie toll.

Jetzt ist sie zehn und nicht mehr so klein, aber immer noch sind alle begeistert von ihr — jedenfalls alle, die nicht vollkommen verblödet sind ... Für ein Kind ist sie sehr ordentlich. Ich meine, sie wirft ihre Sachen nicht einfach herum wie andere Kinder. Sie ist gar nicht schlampig. Ich meine, Phoebe hat immer irgend etwas Tolles an. Die meisten Kinder werden schrecklich angezogen, auch wenn die Eltern wohlhabend sind. Ich wollte, jedermann könnte Phoebe in dem Kostüm sehen, das meine Mutter ihr in Kanada gekauft hatte. Ganz im Ernst ... Manchmal kann sie sehr schnippisch sein. Wirklich richtig schnippisch. Manchmal redet sie auch genau in dem verdammten Lehrerton und ist doch noch ein kleines Kind. Sie hört aber immer zu, wenn man ihr etwas erzählt. Und das Komische ist, daß sie ganz genau weiß, von was man redet. Wirklich. Übrigens: Sie hat mich sehr gern. Ich meine, sie hängt wirklich an mir. (S.52—53. 115, 117, 122—123)

III. DIE ERWACHSENEN (IHRE LEBENSGEWOHNHEITEN UND LEBENSIDEALE)

In New York kommt es nur auf Geld an, im Ernst. (S.53)
Mein Vater ist ziemlich wohlhabend. Ich weiß nicht, wieviel er verdient — aber jedenfalls reichlich, stelle ich mir vor. Er ist Syndikus für GmbHs und so. Diese Burschen machen scheffelweise Geld. Außerdem muß er schon deshalb wohlhabend sein, weil ich weiß, daß er oft in Broadway-Theatern Geld investiert. Diese Unternehmungen verunglücken allerdings immer, und meine Mutter regt sich jedesmal wahnsinnig auf. (S.80)
Dieses verfluchte Geld. Es führt immer nur dazu, daß man deprimiert wird. (S.84)
Zum Beispiel Autos. Die meisten Leute sind mit Autos nicht bei Trost. Sie nehmen es furchtbar tragisch, wenn der kleinste Kratzer dran ist, und reden die ganze Zeit davon, wieviel Liter Benzin es braucht, und wenn sie einen ganz neuen Wagen haben, denken sie schon wieder daran, ihn gegen einen noch neueren umzutauschen. Ich kann nicht einmal alte Autos ausstehen. Sie interessieren mich einfach nicht. Ich hätte lieber ein verdammtes Pferd. Ein Pferd ist doch wenigstens menschlich, Herr im Himmel. (S.96)
Ich sah deutlich vor mir, wie alle mit ihren verdammten karierten Westen in einer Bar hockten und mit ihren müden, blasierten Stimmen Theaterstücke und Bücher und Frauen kritisierten. Diese Burschen machen mich krank ... Die affektierteste Unterhaltung, die man sich vorstellen kann. Alles verlogen. Es konnte einem schlecht werden. „Göttlich!“ „Herr im Himmel.“ „Göttlich!“ Das war mir zuviel. (S.94) Immer diese albernen Redensarten. „Famos“. Dieses Wort ist mir wirklich verhaßt. Dieser Schwindel. Wenn ich das höre, muß ich jedesmal kotzen. Oder: „Großartig“. Auch dieses Wort ist mir verhaßt. Es klingt so unecht. Das ist auch so etwas, was mich rasend macht, wenn die Leute irgend etwas zweimal sagen, nachdem man schon beim erstenmal zugestimmt hat. Und dann diese Begrüßung. Sehenswert. Als ob sie sich seit zwanzig Jahren nicht mehr gesehen hätten. Als ob sie als Kinder in der gleichen Bade-

wanne gesessen hätten oder was weiß ich ... Man versichert sich gegenseitig, daß man sich freut, sich kennengelernt zu haben. Widerlich. Ich sage das immer, auch wenn ich jemand lieber nicht kennengelernt hätte. Aber wenn man am Leben bleiben will, muß man eben dieses Zeug mitmachen. (S. 11, 12, 66, 79)

IV. DIE LITERATUR, DAS KINO UND DAS THEATER, DAS SHOW-GESCHÄFT

Auf der Bank neben mir hatte jemand ein Magazin liegen lassen, und ich blätterte darin, weil ich dachte, daß ich dann einen Haufen anderes Zeug wenigstens für kurze Zeit vergessen würde. Aber der erste blöde Artikel, den ich richtig zu lesen anfing, machte es fast noch schlimmer. Dieses Magazin war wirklich ein kleiner „Aufmunterer". Ich legte es weg und ging spazieren ... (S. 143—144)

Wenn ich nachts fahre, kann ich sogar meistens die blöden Magazingeschichten lesen, ohne daß mir das Kotzen kommt ... Aber diesmal war es anders. Ich hatte keine Lust zu lesen. (S. 42)

Das ganze Buch war Schund ... (S. 70)

Ich bin ganz ungebildet, aber ich lese sehr viel. Am liebsten lese ich Bücher, in denen wenigstens von Zeit zu Zeit komische Stellen sind. Am meisten halte ich davon, wenn man nach einem Buch ganz erledigt ist und sich wünscht, daß man mit dem Autor, der es geschrieben hat, nah befreundet wäre und daß man ihn antelefonieren könnte, wenn man Lust dazu hätte. Das kommt allerdings nicht oft vor. (S. 17)

Wenn mir wirklich etwas verhaßt ist, dann sind es Filme. Ich will überhaupt nichts damit zu tun haben. (S. 5)

Mir war es gleichgültig, daß wir nicht ins Kino gingen. Es wäre ein Lustspiel mit Cary Grant und diesem ganzen Mist gewesen. Außerdem war ich schon einmal mit Brossard und Ackley ins Kino gegangen. Beide lachten wie Hyänen über lauter Mist, der überhaupt nicht komisch war. (S. 30)

Einmal wäre ich fast in einem Kurzfilm aufgetreten, aber im letzten Augenblick entschloß ich mich anders. Wenn mir das Kino so verhaßt ist und ich trotzdem in einem Kurzfilm mitmachen würde, wäre ich ein schöner Heuchler, dachte ich. (S. 59)

Am Broadway war es voll und ungemütlich. Es war Sonntag und erst zwölf Uhr, aber das Gedränge war doch schon sehr dicht. Alle Leute strebten ins Kino — ins Paramount oder Astor oder Capitol

oder wie diese blöden Löcher sonst noch heißen. Alle waren fein angezogen, da es Sonntag war, und das machte es nur noch schlimmer. Das Schlimmste aber war, daß ihnen allen daran lag, ins Kino zu gehen. Ich konnte ihren Anblick nicht vertragen. Ich kann verstehen, daß jemand in Kino geht, weil er nichts anderes zu tun hat, aber wenn die Leute wirklich drauf aus sind und sich sogar beeilen, um möglichst schnell hinzukommen, dann deprimiert mich das wahnsinnig. Besonders, wenn sie zu Hunderten Schlange stehen, den ganzen Häuserblock entlang, und mit dieser schrecklichen Geduld auf einen Platz warten. Ich konnte nicht schnell genug von diesem verdammten Broadway wegkommen. (S.86)
Von den Leuten, die sich über verlogenes Kinozeug ihre verdammten Augen aus dem Kopf heulen, sind neunzig Prozent im Grund herzlose Klötze. Ganz im Ernst. (S.103)
Holden Caulfields Eindrücke von einem Theaterstück, das er zusammen mit Sally Hayes sich ansieht, wird wiedergegeben auf S.86—87 u. 92—93. Seine Eindrücke von einer Shownummer und einem Film werden auf S.101—103 ausführlich geschildert. Der Abschnitt schließt mit den Worten: „Ich kann nur jeden vor diesem Film warnen, der sich nicht danach sehnt, sich von oben bis unten zu bekotzen."
Die Kapelle in diesem Lokal war zum Kotzen. Buddy Singer, mit viel Blech, ohne Stil und kitschig. Buddy Singer und seine Mist-Band spielten gerade „Just one of those things", aber selbst sie konnten diesen Song nicht ganz kaputtkriegen. Und wenn Buddy Singers armseliger, verschlissener Klarinettist aufstand und ein paar abgestandene „heiße Solos" von sich gab, fand meine Tänzerin, Marty, bei der man das Gefühl hatte, daß man die Freiheitsstatue herumschleppte, ihn „einfach toll" und nannte seine Klarinette eine „Lakritzstange". Die war vielleicht gewöhnlich. (S.57)
Es gibt kein einziges Nachtlokal auf der Welt, wo man es lange aushalten könnte, wenn man sich nicht wenigstens betrinken kann. Oder wenn man mit einem Mädchen hingeht, in das man wirklich verliebt ist. (S.58)
Obwohl es schon gegen Morgen ging, war es bei Ernie drinnen gesteckt voll. Hauptsächlich blöde Gymnasiasten und Studenten.

Fast jede verdammte Schule macht früher Weihnachtsferien als die Schulen, in denen ich war. Es war so voll, daß man nicht einmal seinen Mantel loswerden konnte. Aber trotz dieser Menschenmenge war es ziemlich still, weil Ernie Klavier spielte. Es galt geradezu als heilige Handlung, wenn er sich ans Klavier setzte. Übertrieben. So gut spielt nun wirklich keiner. Außer mir warteten noch drei Paare auf leere Tische. Sie stellten sich alle auf die Zehen, um Ernie sehen zu können. Er hatte einen großen Spiegel vor sich am Klavier, so daß jedermann sein Gesicht beobachten konnte, während er spielte. Die Finger sah man nicht — nur sein breites Gesicht. Überwältigend. Ich weiß nicht mehr genau, was er gerade spielte, als ich hereinkam, aber jedenfalls stank es zum Himmel. Er flocht lauter blöde Kinkerlitzchen in die obersten Oktaven hinein und machte noch andere Virtuosenstücke, von denen ich Bauchweh bekomme. Man hätte den Erfolg sehen sollen, als er aufhörte. Zum Kotzen. Sie wurden vollkommen verrückt. Es waren genau dieselben Idioten, die im Kino wie Hyänen über etwas lachen, das überhaupt nicht witzig ist. Wenn ich Pianist oder Schauspieler oder sonst etwas wäre und alle diese Esel mich für fabelhaft halten würden, könnte ich das nicht vertragen. Ich möchte nicht einmal, daß sie klatschen. Die Leute klatschen immer für das Verkehrte. Wenn ich so ein Pianist wäre, würde ich im Klosett Klavier spielen. Als Ernie aufhörte und alle wie besessen klatschten, drehte er sich auf seinem Hocker um und antwortete mit einer affektiert bescheidenen Verbeugung. Als ob er nicht nur ein kolossaler Pianist wäre, sondern auch ein furchtbar bescheidener Mensch. Schöne Heuchelei, wenn man wußte, was für ein Snob er war. Sonderbarerweise tat er mir zwar auch leid. Ich glaube, er weiß nicht einmal mehr, ob er richtig oder falsch spielt. Daran ist nicht nur er schuld. Zum Teil gebe ich allen den Eseln die Schuld, die so irrsinnig applaudieren — sie können jeden verderben, wenn man ihnen Gelegenheit dazu gibt. (S.63—64)

V. DER BEREICH DER SEXUALITÄT

Frauen bringen mich um. Im Ernst. Ich meine damit nicht, daß ich übermäßig sexy bin — obwohl ich ziemlich sexy bin: ich mag Frauen einfach, das meine ich. (S. 42)
In meiner Phantasie bin ich wohl von einer wahren sexuellen Besessenheit. Manchmal kann ich von allem möglichen Zeug denken, daß ich es gern tun würde, wenn ich Gelegenheit dazu hätte. Ich verstehe sogar, daß es in einer verrückten Art sehr amüsant sein könnte ... Aber sympathisch ist mir diese Vorstellung nicht. Sobald man sie analysiert, ist etwas faul daran. Ich finde, wenn man ein Mädchen wirklich gern hat, sollte man überhaupt keinen Blödsinn mit ihr machen. (S. 48)
Das sexuelle Gebiet ist etwas, was ich nicht richtig verstehe. Man weiß nie, wo zum Teufel man eigentlich steht. Ich stelle mir fortwährend Gesetze auf, und dann verstoße ich sofort wieder dagegen. Letztes Jahr nahm ich mir vor, keinen Blödsinn mehr mit Mädchen zu machen, die ich im Grund nicht gern hatte. Aber dann verstieß ich in derselben Woche dagegen, in der ich den Vorsatz gefaßt hatte — sogar noch am gleichen Tag. Ich gab mich den ganzen Abend mit einer dummen Gans namens Anne Louise Sherman ab. Von Sex verstehe ich einfach nichts, im Ernst, nichts. (S. 49)

HOLDEN CAULFIELDS KONFRONTATION MIT DEM KONFORMISMUS DER MODERNEN MASSENGESELLSCHAFT

Holden Caulfields Kritik der modernen Massengesellschaft hat ihre Ursache in der Amoral, die ihm allenthalben und auf allen Gebieten des Lebens entgegentritt. Das Grundübel, das den nach Aufrichtigkeit und echten menschlichen Beziehungen strebenden jungen Menschen am meisten bedrängt, ist die unvermeidliche ständige Konfrontation mit Heuchelei, Verlogenheit, Rücksichtslosigkeit, Engstirnigkeit, Bigotterie und dem Angebertum der Menschen, die ihm begegnen und mit denen er in Berührung kommt. Immer wieder muß er die Diskrepanz zwischen der Welt des schönen Scheins und der nüchternen Wirklichkeit, zwischen Illusion und Realität erkennen. Beispiele hierfür bietet Salingers Roman in Hülle und Fülle. Da ist zum Beispiel die Unaufrichtigkeit des Schulrektors Mr. Haas, dem „verlogensten Hund", dem Holden je begegnet zu sein meint. Die Art seiner Elternbegrüßung und die dabei zutage tretende Unterschiedlichkeit in der Behandlung wohlhabender, guter oder armer, schlecht gekleideter Elternpaare enthüllt die Parteilichkeit und Heuchelei des Mannes. (S. 14). Verlogenheit und Phrasenhaftigkeit kennzeichnet auch das in Zeitungen und Magazinen veröffentlichte Schulprogramm, das Erziehungserfolge verkündet, die nicht den Tatsachen entsprechen. Holden bezeichnet solche Veröffentlichungen als „reines Geschwätz". (S. 6) Auf Verlogenheit beruht sogar die Gestaltung der Speisekarte in der Internatsschule. Hierzu Holden: „Am Samstagabend gab es in Pencey immer dasselbe Essen. Es sollte sogar etwas ganz Besonderes sein, weil man Steaks bekam. Ich wette tausend Dollar, daß sie es deshalb so einrichteten, weil am Sonntag viele Eltern herkamen und Thurmer (der Rektor) sich wohl vorstellte, daß jede Mutter ihren geliebten Sohn sofort fragen würde, was er gestern abend gegessen habe, worauf er dann antworten könnte: „Steak". Schöner Bluff. Diese Steaks hätte man sehen sollen. Es waren harte, trockene, winzige Dinger, die man kaum schneiden konnte. Dazu gab es faden Kartoffelbrei

und zum Nachtisch einen Pudding, den kein Mensch aß ..." (S. 29) Selbst das Verhältnis der Jugendlichen untereinander ist von Verlogenheit und Angeberei gekennzeichnet. Besonders die starke Cliquenbildung bereitet Holden Caulfield großes Unbehagen: „Du solltest einmal in eine Jungenschule gehen. Dort sind lauter verlogene Heuchler, und man soll immer nur lernen, damit man sich später einen verdammten Cadillac kaufen kann, und man muß immer so tun, als ob es einem wichtig wäre, daß die Fußballmannschaft gewinnt und man schwätzt den ganzen Tag nur über Mädchen und Alkohol und sexuellen Mist, und alle kleben in dreckigen Cliquen zusammen. Die von der Basketballmannschaft halten zusammen, die Katholischen halten zusammen, die gottverdammten Intelektuellen halten zusammen, die Bridgespieler halten zusammen. Sogar die vom Buch-des-Monats-Klub halten zusammen ... (S. 97)
Wie schlimm es mit der Aufnahme in eine Clique und mit der Kameradschaft bestellt ist, zeigt folgender Vorfall: „Pencey ist die schlimmste Schule, in der ich gewesen bin. Lauter verlogene Affen. Und gemeine Esel. So viele gemeine Esel auf einem Haufen sieht man in seinem ganzen Leben nicht mehr. Wenn sie zum Beispiel einen Budenzauber in irgendeinem Zimmer hatten und einer dabeisein wollte, hat ihn niemand hereingelassen, wenn es irgendein doofer Kerl mit Pickeln oder so war. Alle haben immer die Tür zugeschlossen, wenn einer hereinwollte ... Einfach nur, weil er so langweilig war und Pickel hatte. Ich mag überhaupt nicht davon reden ... (S. 123)
Als verlogen sieht Holden auch den stereotypen, gedankenlosen Gebrauch von allgemeinen Redensarten und Höflichkeitsfloskeln an, die bei Begrüßungen, Verabschiedungen und allgemeinen gesellschaftlichen Unterhaltungen gebraucht werden. „Göttlich", „großartig", „glänzend", „famos", „wundervoll", „toll" sind Allerweltsausdrücke, die Holden Caulfield ebenso abstoßen wie die bei Vorstellungen üblichen Äußerungen wie „Sehr angenehm", „Freut mich, Sie kennengelernt zu haben" und so weiter, die etwas aussagen, was unter Umständen durchaus nicht zutreffend ist. Mit dem Unbedingtheitsanspruch der Jugend und dem Unwillen zum gesellschaftlichen Kompromiß verurteilt Holden Caulfield den Gebrauch

solcher leeren formellen Höflichkeitsfloskeln, kann aber doch nicht umhin, sich ihnen ganz zu entziehen: „Wir versichern uns gegenseitig, daß wir uns freuten, uns kennengelernt zu haben. Widerlich. Ich sage das immer, auch wenn ich jemand lieber nicht kennengelernt hätte. Aber wenn man am Leben bleiben will, muß man eben dieses Zeug mitmachen.“ (S. 66)

Vorgegebene, gespielte Aufrichtigkeit deprimiert Holden ebenso wie die gemeine Lüge. Verlogen erscheint ihm auch das konventionelle Verhalten der nur am geschäftlichen Erfolg, materiellen Gewinn und flacher Unterhaltung interessierten Menschen. Hierzu einige Beispiele. Zunächst der typische Fall des verlogenen, aber den Biedermann und Wohltäter spielenden Managers, eines gewissen ehemaligen Pencey-Absolventen namens Ossenburger, nach dem ein Gebäude-Flügel im Internat benannt wurde: „Ossenburger wurde steinreich, nachdem er von Pencey fortging. Er gründete ein Begräbnisinstitut — mit Filialen in ganz Amerika —, das den Leuten ermöglichte, ihre Angehörigen für fünf Dollar pro Stück zu bestatten. Man muß diesen Ossenburger gesehen haben, um sich das vorzustellen. Immerhin stiftete er Pencey einen Haufen Geld und dafür wurde unser Flügel nach ihm benannt. Zum ersten Fußballmatch des Jahres erschien er in einem kolossalen Cadillac, und wir mußten alle aufstehen und Hurra brüllen. Am nächsten Morgen hielt er dann an der Kapelle eine ungefähr zehnstündige Rede. Er begann mit ungefähr fünfzig blöden Witzen, um uns zu zeigen, was für ein Kerl er sei. Überwältigend. Dann erzählte er uns, daß er sich nie schäme, wenn er in Schwierigkeiten stecke, sich hinzuknien und zu Gott zu beten. Er sagte, wir sollten auch immer zu Gott beten, einfach mit ihm sprechen und so. Er sagte, wir müßten uns Jesus als unseren Kumpel vorstellen und so. Er selbst spreche die ganze Zeit mit Christus, behauptete er. Sogar wenn er am Lenkrad sitze. Das gab mir den Rest. Ich kann mir diesen Schwindler vorstellen, wie er den ersten Gang schaltet und Christus bittet, ihm noch ein paar Leichname zu schicken.“ (S. 16)

Holden Caulfield will nicht zu einem Leben erzogen werden, dessen Sinn nur darin besteht, „einen Haufen Geld zu verdienen“, „Autos zu kaufen“, „in einem verdammten Cadillac zu fahren“, „Bridge zu spielen“, die „neuesten Moden zu sehen und ins Kino zu gehen“. Heute würde er sagen, er verurteile es, Abend für Abend vor der Bildröhre zu sitzen, die langweiligen Programme und Blödeleien der Showmaster über sich ergehen zu lassen und dabei Bier oder Whisky zu trinken. Er resümiert: „Wir müßten im Hotel mit unsern Koffern im Lift hinunterfahren. Wir müßten uns von allen Leuten telefonisch verabschieden und ihnen von jedem Ort Postkarten schicken. Und ich würde einen Haufen Geld verdienen und Zeitungen lesen und die ganze Zeit Bridge spielen und ins Kino gehen und blöde Kurzfilme und neueste Moden und die Wochenschau sehen. Die Wochenschau, heiliger Bimbam. Man sieht immer irgendein blödes Pferderennen oder so ein Weib, das über einem Schiff eine Flasche zerschlägt und einen Schimpansen, der in Hosen Rad fährt.“ (S.98)

Holden Caulfield durchschaut das konformistisch genormte Leben des Durchschnittsbürgers, das sich in eingefahrenen gesellschaftlichen Bahnen bewegt und von der Jagd nach Anerkennung und Erfolg gekennzeichnet ist, das Leben der gesellschaftlichen „Anpassung“, das ihm so verhaßt ist: „Rechtsanwälte sind schon recht, — aber mich lockt das nicht. Ich meine, sie sind mir recht, wenn sie unschuldigen Leuten das Leben retten, aber das tut man als Rechtsanwalt ja gar nicht. Man verdient nur einen Haufen Geld und spielt Golf und Bridge und kauft Autos und trinkt Martinis und sieht furchtbar bedeutend aus. Und außerdem — auch wenn man irgendwelchen Leuten das Leben retten würde, woher könnte man sicher wissen, ob man das getan hat, weil man ihnen wirklich das Leben retten wollte, oder ob man es tut, weil man nur ein fabelhafter Anwalt sein wollte, dem alle auf die Schulter klopfen und im Gerichtssaal gratulieren, wenn die verdammte Verhandlung vorbei ist — die Reporter und alle, so wie es in den elenden Filmen ist? Woher würde man wissen, daß man nicht nur ein Heuchler ist? Das Schlimme ist eben, daß man es nicht wüßte.“ (S. 126)

Auch die Überbewertung sportlicher Leistungen, der nur auf Rekordbrecherei eingestellte Sportbetrieb werden von Holden Caulfield mißbilligt und verachtet: „Der Fußballmatch sollte für ganz Pencey ein großes Ereignis sein. Man erwartete von uns, daß wir

mindestens Selbstmord begingen, falls unsere Schule nicht gewänne.“ (S. 6)
„Man muß immer so tun, als ob es einem wichtig wäre, daß die Fußballmannschaft gewinnt ... (S. 97) „Er erzählte ihr von einem Fußballmatch, bei dem er nachmittags gewesen war. Ich übertreibe nicht, daß er jede verdammte Einzelheit des ganzen Spiels schilderte. Es ist kaum zu ertragen, wenn so ein Hohlkopf alle Einzelheiten von einem verdammten Fußballmatch erzählt ...“ (S. 64)
„Ich war nämlich der verdammte Kapitän einer Fechtmannschaft. Ungeheure Ehre! Nur fand der ganze Wettkampf nicht statt, weil ich sämtliche Floretts und die ganze Ausrüstung in der doofen Untergrundbahn liegen ließ.“ (S. 6)
„Boxkämpfe sind mir verhaßt. Schrecklich finde ich in einem Boxkampf das Gesicht des Gegners. Ich ertrage es einfach nicht, sein Gesicht anzusehen — das ist meine größte Schwäche. Es wäre viel weniger schlimm, wenn beide Gegner mit verbundenen Augen oder ich weiß nicht wie kämpfen könnten.“ (S. 67)
„Esel, die wütend und kindisch werden, wenn man sie beim Golf schlägt oder auch nur bei einem so blöden Spiel wie Pingpong ...“ S. 91)
„Die Sportidioten halten alle zusammen. In jeder Schule halten die Sportidioten zusammen.“ (S.)
Nicht zuletzt kritisiert und verurteilt Holden Caulfield auch den schalen Diskothekenbetrieb, die fade Unterhaltungsindustrie, die Klischeehaftigkeit der „zum Sterben langweiligen“ Kinovorführungen, die zu erotischer Spielerei entarteten sexuellen Betätigungen, vor allem aber alle Perversitäten. Die Erkenntnis, daß Wert in Unwert, Wahrheit in Lüge verwandelt wird, bringt Holden mitunter zur Raserei und deprimiert ihn aufs tiefste.
„Es galt geradezu als heilige Handlung, wenn Ernie Klavier spielte. Übertrieben. So gut spielt nun wirklich keiner ... Wenn ich Pianist oder Schauspieler wäre und alle diese Esel mich für fabelhaft halten würden, könnte ich das nicht vertragen. Wenn ich Pianist wäre, würde ich im Klosett Klavier spielen ... Zum Teil gebe ich allen den Eseln die Schuld, die so irrsinnig applaudieren — sie können jeden verderben, wenn man ihnen Gelegenheit dazu gibt.“ (S. 63) „Es war

eins der Nachtlokale, die so fürchterlich sind ... Es gibt kein einziges Nachtlokal auf der Welt, wo man es lange aushalten könnte ..." (S. 58) „Diese Bar ist ein Treffpunkt für lauter affektiertes Pack. Wenn man lange genug dort saß und sich den Applaus anhörte, bekam man einen Haß gegen alle Menschen auf der Welt. Auch der Mixer an der Bar war ekelhaft ... Ich betrachtete mir eine Weile lang den ganzen Kitschladen ..." (S. 105) „Wenn mir wirklich etwas verhaßt ist, dann sind es Filme ... Ich will überhaupt nichts damit zu tun haben ..." S. 5)

Weshalb Holden Filme unwahr und verlogen findet, begründet er mehrfach durch ausführliche Inhaltsangaben der Filme, die er gelegentlich sieht, zum Beispiel S. 101—103. Zwar unterliegt er selber auch immer wieder der Macht der Unterhaltungsindustrie und der Massenmedien, entscheidend ist aber doch, daß er sich im Innersten dagegen aufbäumt und wenigstens den Willen hat, den Konformismus der Wohlstandsgesellschaft zu meiden und nicht dem Tiefniveau der Allgemeinheit zu verfallen.

Deswegen will Holden sich auch aus der Verlogenheit und dem „Tun-als-ob" der Massengesellschaft zurückziehen und in ein Reservat flüchten, das ihm allein gehört und in dem er „glücklich" sein kann. Eine Flucht aus der Zivilisation in die reine, unschuldige Natur: „Ich würde mir irgendwo eine kleine Blockhütte bauen und dort für den Rest meines Lebens bleiben. Die Hütte müßte am Waldrand stehen, aber nicht im Wald drinnen, damit sie immer ganz sonnig wäre ... Ich dachte mir aus, daß ich mich taubstumm stellen würde. Auf diese Weise brauchte ich keine verdammten, blöden, nutzlosen Gespräche mit irgend jemand zu führen ... Ich stellte mir vor, daß ich meine Verwandten zwar irgendwann wiedersehen würde, aber sicher viele Jahre lang nicht ... Es wäre mein Gesetz, daß niemand, der mich besuchte, Verlogenes tun dürfte. Falls jemand etwas Verlogenes tun wollte, könnte er nicht bei mir bleiben." (S. 146—150)

Aber, so müssen wir uns fragen, hat denn der sechzehn-, siebzehnjährige Holden Caulfield überhaupt ein Recht, über die Schule, über die Welt der Erwachsenen, über die Struktur der gesellschaftlichen Verhältnisse so rücksichtslos den Stab zu brechen? Darf er,

ein Minderjähriger, der wiederholt als solcher erkannt und aufs Korn genommen wird (z. B. S. 53, 55, 57), sich anmaßen, Lebensverhältnisse zu verurteilen, die er nur von einer Seite her, aus eigener, engbegrenzter Sicht kennengelernt hat? Ist er selber über die Anfechtungen und Mißstände, die er anprangert, erhaben? Keineswegs. Auch Holden unterliegt immer wieder der Macht der Konvention, verfällt selber in Fehler, die er anderen ankreidet, ist selber ein Beispiel für falsches Verhalten und Versagen. Nur: Holden ist sich seiner eigenen Schwäche, seiner Mängel, seiner geringen Widerstandskraft vollauf bewußt. Einige seiner Äußerungen mögen dies bezeugen: „Dann fing ich an, im Fahrplan zu lesen, den ich in der Tasche hatte. Nur um mit dem Lügen aufzuhören. Sobald ich einmal in Fahrt bin, kann ich stundenlang weiterlügen, wenn ich dazu aufgelegt bin. Stundenlang, im Ernst!" (S. 45)
„Aber wenn man am Leben bleiben will, muß man eben dieses Zeug (diese konventionelle Verlogenheit) mitmachen." (S. 66)
„Die verdammten Filme. Sie können einen wirklich ruinieren. Ganz im Ernst." (S. 78)
„Das ganze Buch war Schund, das weiß ich, aber ich hatte dadurch immer nur diese Geige im Kopf. (Der weibliche Körper sei wie eine Geige, hieß es in dem Buch, auf der nur ein großer Musiker richtig spielen könne.) Caulfield und seine Zaubergeige. Eigentlich wollte ich nur ein bißchen Übung bekommen, falls ich je heirate. Verrückt, das sehe ich selbst auch ... (S. 70)
„Mein Liebesleben ist ein Elend. Mein Liebesleben hinkt." (S. 108)
„Es war gegen meine Prinzipien, aber ich war so deprimiert, daß ich gar nicht nachdachte." (S. 68)
„So echt bin ich gar nicht." (S. 36)
„Ich bin nicht bei Trost. Gott sei's geklagt, ich bin verrückt. Ich gebe es zu. Ich bin vollkommen verrückt. Im Ernst. (S. 92)
Holdens Kontaktarmut, seine notorische Faulheit, seine Aufsässigkeit und Kritiksucht, seine oft zur Schau gestellte allgemeine Interesselosigkeit bewirken es, daß er wiederholt die Schule wechseln muß und immer in Gefahr ist, durchzufallen. Ein solcher Durchfall in Pencey ist ja auch der Anlaß zu Holdens Odysee, zu seiner Herumtreiberei in New York, ehe er dank der Zuneigung zu

einer kleinen, zehnjährigen Schwester Phoebe veranlaßt wird, nach Hause zurückzukehren. Allein diese Tatsache, diese zarte, von aller Eigennützigkeit und allen Belastungen freie Bindung an ein Kind, ist es, die uns den pubertären Herumtreiber Holden Caulfield wieder sympathisch macht und die bewirkt, daß wir ihm seine offensichtlichen Schwächen und Verfehlungen nachsehen und sie entschuldigen.

HOLDEN CAULFIELDS WERTVORSTELLUNGEN UND SELBSTFINDUNG

Holden Caulfields Gesellschaftskritik ist schneidend, zupackend, von erschreckender Offenheit und Treffsicherheit. Im Halbstarkenjargon legt er die Schwächen seiner Mitschüler und Zeitgenossen, gesellschaftlicher Umgangsformen und Verhaltensweisen bis an die Wurzeln bloß. Immer wieder bekundet er sein Deprimiertsein, seine Verachtung und sogar seinen Haß gegenüber den Mißständen und Mängeln, dem Konformismus und der Korruption öffentlicher Erscheinungen. Er denkt über die Verlogenheiten, Angebereien, Übertreibungen, das Renommieren und Tun-als-ob der Großstadtgesellschaft nach und kritisiert sie unbarmherzig. In diesem Sinne ist er ein durchaus auf das Negative gerichteter Typ. Selten kann er etwas anerkennen, selten etwas für gut befinden. Seine Schwester Phoebe ist die einzige, die Holden völlig durchschaut und ihm auf den Kopf zusagt, worin seine Schwäche liegt:
„Du kannst überhaupt nichts ausstehen."
„Als sie das sagte, wurde ich noch viel deprimierter: „Doch. Doch, sicher. Sag das nicht. Warum zum Kuckuck sagst du so etwas?"
„Weil du gar nichts gern hast. Die Schule hast du nicht gern, und überhaupt alles hast du nicht gern. Einfach nichts ... Oder sag irgend etwas, was du gern hast."
„Irgend etwas, was ich gern habe?" fragte ich. „Schön".
Dummerweise konnte ich mich nicht richtig konzentrieren. Manchmal ist das schwierig ..." (S. 124)
Erst nach längerem Überlegen bekennt Holden Caulfield, wen er gelten läßt, ohne — um in seiner Sprache zu reden — Bauchkrämpfe zu bekommen und kotzen zu müssen, welche menschlichen Begegnungen ihn besonders beeindruckt haben und welche Lebensform seine Anerkennung finden. Er bewundert in erster Linie die Selbstlosigkeit und Bedürfnislosigkeit der beiden Nonnen (Kapitel 15). Er hat sogar Mitleid mit ihnen und hat in gewisser Hinsicht Gewissensbisse, die eine soziale Einstellung offenbaren: „Beide aßen nur Toast und tranken Kaffee zum Frühstück. Das deprimierte mich. Ich kann es nicht leiden, wenn ich Speck mit Eiern

oder ich weiß nicht was esse und jemand anderer nur Toast und Kaffee hat ... Als sie fort waren, tat es mir leid, daß ich ihnen nur zehn Dollar für ihre Sammlung gegeben hatte." (S. 82)
Er bewundert ferner die Wahrheitsliebe, Standhaftigkeit, den Mut und die Tapferkeit des kleinen schwächlichen James Castle, der den Drohungen einer Clique von sieben „gemeinen Hunden" gegenüber standhält und lieber stirbt als die Unwahrheit sagt (S. 125). Holdens Achtung und Liebe gilt auch seinem früh verstorbenen Bruder Allie, dessen Langmut und Ausgeglichenheit ihm vorbildlich erscheint: „Natürlich ist er tot! Meinst du, ich wüßte das nicht? Aber ich kann ihn trotzdem gern haben! Nur weil jemand tot ist, hört man doch nicht einfach auf, ihn gern zu haben, du lieber Gott — besonders wenn einer tausendmal netter war als alle lebendigen Leute, die man kennt." (S. 126) Nicht zuletzt genießt Holden die innige menschliche Beziehung zu seiner Schwester Phoebe, ihr Vertrauen zu ihm und das Verständnis, das sie als einzige von allen Menschen ihm entgegenbringt: „Ich hab es gern, was ich gerade jetzt tue. Hier bei dir zu sitzen und zu reden und an alles Mögliche zu denken ... Jedenfalls gefällt es mir jetzt. Ich meine jetzt gerade. Hier bei dir zu sitzen und zu schwätzen und Blödsinn ..." Auf Phoebes Einwurf, das sei „nicht wirklich etwas", antwortet Holden: „Allerdings ist das wirklich etwas! Selbstverständlich! Warum zum Kuckuck denn nicht? Die Leute meinen immer, etwas sei nicht wirklich etwas ..." (S. 126)
Hierzu Fritz Kraul:
„In diesen Sätzen deutet sich die entscheidende Wendung an. Holden Caulfield entdeckt ein neues Verhältnis zur Wirklichkeit. Der Bedeutung entsprechend, hat Salinger das Wort ‚wirklich' durch Kursivdruck herausheben lassen. Die Beziehungen zu einem Menschen ergeben sich nicht nach ihrer rationalen Bestimmbarkeit, nach der Stellung in der Gesellschaft, nach Ansehen, Erfolg oder Geld. Die Wertordnung der amerikanischen Gesellschaft vermag nicht anzugeben, was ein Mensch bedeuten kann. Der Konformismus und Pragmatismus versagen wie jede Begrifflichkeit überhaupt, die den Wert eines Menschen bezeichnen wollte. Ein antirationalistisches Menschenbild zeigt sich, wie es die europäische

Existenzphilosophie entwickelt hat. Holden fühlt sich verlassen in einer Welt, die den Menschen an seiner Leistung und am Erfolg mißt. Sein Protest richtet sich gegen eine Gesellschaftsordnung, deren Konformismus das Leben bis in die Äußerungsformen der Liebe regelt. Die Beziehungen zu Phoebe, der zehnjährigen Schwester, beruhen hingegen auf einem unausgesprochenen Einverständnis, das als entscheidender Wert empfunden wird. Sie regeln sich nicht nach gesellschaftlichen oder verwandtschaftlichen Gesichtspunkten. Phoebe hält Holden nicht für „haltlos und ohne feste Lebensrichtung", wie Sallys Eltern es ausdrücken. Seine schlechten Schulleistungen kümmern sie nicht. Sie versteht den Bruder immer und ist sogar bereit, mit in den Westen zu fliehen. „Wenn man ihr etwas erzählt, weiß sie genau, von was man redet" (S. 52).

So erfährt sie als einzige, was Holden eigentlich gern wäre: der Fänger im Roggen. Er möchte die kleinen Kinder vor dem Absturz bewahren, wenn sie nicht „achtgeben", wohin sie rennen. Seine Sorge gilt den Gefahren, denen Kinder und Heranwachsende ausgesetzt sind. Sie sollen in Freiheit aufwachsen und doch behütet sein, ohne einen Zwang zu spüren. Holden will sie vor dem Absturz bewahren, der Konformismus und Erfolgsdenken heißen kann."

„Aber jedenfalls stelle ich mir immer kleine Kinder vor, die in einem Roggenfeld ein Spiel machen ... Ich müßte alle festhalten, die über die Klippe hinauslaufen wollen, ich meine, wenn sie nicht achtgeben, wohin sie rennen, müßte ich vorspringen, und sie fangen. Das wäre einfach der Fänger im Roggen ... das ist das einzige, was ich wirklich gern wäre" (S. 127).

Der Absturz, vor dem Holden die Kinder bewahren möchte, ist — symbolisch gesehen — der gleiche Absturz, den Mr. Antolini für Holden selbst befürchtet: „Ich habe das Gefühl, daß du dich irgendeinem schrecklichen Sturz näherst ... Dieser Sturz oder Absturz, den ich für dich voraussehe, ist von besonderer Art — eine besonders furchtbare Art von Sturz. Der Abstürzende selbst fühlt oder hört sich nicht unten aufschlagen. Er fällt und fällt nur. Das gilt für alle die Menschen, die zu irgendeiner Zeit ihres Lebens etwas gesucht haben, das ihre Umwelt ihnen nicht bieten konnte. Oder et-

was, wovon sie dachten, daß es ihnen die Umwelt nicht bieten könne. Infolgedessen gaben sie das Suchen auf. Sie gaben es auf, bevor sie überhaupt wirklich angefangen hatten zu suchen." (S. 137)
Holden, selbst absturzbedroht, hat wiederum Angst um Phoebe: „Sie lief zum Karussell und stieg hinauf. Zuerst ging sie um das ganze Karussell herum. Dann wählte sie ein großes braunes, sehr abgeschabtes altes Pferd. Als das Karussell sich zu drehen anfing, sah ich ihr zu, wie sie herumfuhr. Es saßen nur fünf oder sechs andere Kinder oben. Die Kinder versuchten alle den goldenen Ring zu erwischen, auch Phoebe, und ich hatte manchmal Angst, daß sie von dem blöden Pferd fallen würde, aber ich sagte nichts und unternahm nichts. Wenn die Kinder den goldenen Ring erwischen wollen, muß man sie es versuchen lassen und nichts sagen. Wenn sie herunterfallen, dann fallen sie eben in Gottes Namen, aber man darf nichts zu ihnen sagen." (S. 155).
Die Tatsache aber, daß Phoebe, auf dem Karussellpferd herumfahrend, beim Versuch, den goldenen Ring zu erwischen, nicht herunterstürzt, sondern immer weiter und weiter im Kreise herumfährt, empfindet Holden als reines, ungetrübtes Glück: „Ich war plötzlich so verflucht glücklich, weil Phoebe immer im Kreis herumfuhr. Ich hätte beinah geheult, so verflucht glücklich war ich, falls das jemand interessiert. Ich weiß nicht warum. Einfach weil sie so verdammt nett aussah, während sie dort herumfuhr — in ihrem blauen Mantel und allem. Großer Gott, so was muß man gesehen haben." (S. 156)
Holden Caulfields Glücksempfinden hat einen tieferen Grund. Er wird nicht nur der bedingungslosen Liebe inne, die seine kleine Schwester ihm in uneigennütziger Weise entgegenbringt, sondern wird sich auch des Versuchs der Glücksgewinnung bewußt, den ihm Phoebe durch das Erhaschenwollen des goldenen Rings demonstriert. Holdens Erkenntnis, zu der er nunmehr gelangt ist, findet am treffendsten in einem Sonett Augusts von Platen (1796—1835) ihren Ausdruck:

Wer wußte je das Leben recht zu fassen,
Wer hat die Hälfte nicht davon verloren
Im Traum, im Fieber, im Gespräch mit Toren,
In Liebesqual, im leeren Zeitverprassen?

Ja, der sogar, der ruhig und gelassen,
Mit dem Bewußtsein, was er soll, geboren,
Frühzeitig einen Lebensgang erkoren,
Muß vor des Lebens Widerspruch erblassen.

Denn jeder hofft doch, daß das Glück ihm lache,
Allein das Glück, wenn's wirklich kommt, ertragen,
Ist keines Menschen, wäre Gottes Sache.

Auch kommt es nie, wir wünschen nur und wagen:
Dem Schläfer fällt es nimmermehr vom Dache,
Und auch der Läufer wird es nicht erjagen.

In einer solchen Erkenntnis kann Holden, der als „Fänger im Roggen" einst alle Kinder vor dem Fall bewahren wollte, seine ursprüngliche Fänger-Absicht aufgeben und in einer anderen Weise ausführen: er entflieht nicht in den Westen, sondern kehrt um Phoebes willen nach Hause zurück. Denn Holden hat erkannt, daß es doch noch Zuneigung, Verständnis, Vertrauen, Liebe, Kommunikation und eine echte Subjekt-Objekt-Beziehung in der Welt gibt, ja, daß man selber zu solch „verdammten" Naturen wie Stradlater, Ackley und sogar zu dem brutalen Schläger und Kuppler Maurice ein Vehältnis haben kann, so daß sie einem zu fehlen beginnen: „Ich weiß eigentlich nur, daß mir alle irgendwie fehlen, von denen ich erzählt habe. Sogar Stradlater und Ackley, zum Beispiel. Ich glaube, auch dieser verdammte Maurice fehlt mir jetzt sogar. Komisch." (S. 156)

Mit einem Wort: Holden Caulfield, der zunächst ein konträres, feindseliges, überaus kritisches oder sogar haßerfülltes Verhältnis zu seinen Mitmenschen hatte, fängt an, den Menschen im Menschen zu entdecken, erkennt, daß die Flucht in die Isolation (einer einsamen Blockhütte) doch nicht die richtige Lösung des Konflikts mit der Umwelt darstellt, erkennt, daß man unter Menschen mit

Menschen aller Art leben muß und vollzieht dank Phoebes schwesterlicher Liebe die Wendung vom Ich zum Du. Holden, der „Fänger im Roggen“, hat sich selber gefunden, gefangen.
Ein guter Schluß, ein weiser Schluß, dem mehr Beachtung geschenkt werden sollte, als es gemeinhin bei der Lektüre dieses Werkes geschieht.

HOLDEN CAULFIELD — NEUROTIKER UND HYPOCHONDER?

Holden Caulfields oft scharfsinnige realistische Einschätzung seiner Mitmenschen und der ihn umgebenden Welt könnte vermuten lassen, daß wir es mit einem absolut klardenkenden, nüchternen, durch und durch gesunden, in jeder Hinsicht „normalen" Menschen zu tun haben. Dies ist jedoch keineswegs der Fall. Wie viele Jugendliche ist auch der sechzehn- bis siebzehnjährige Gymnasiast Holden Caulfield enormen Stimmungsschwankungen, Depressionen, Neurosen und hypochondrischen Anwandlungen unterworfen. Es gibt kaum ein Kapitel unter den 26 Abschnitten des Romans „Der Fänger im Roggen", in dem nicht die Sätze „Das ging mir auf die Nerven", „Ich war so deprimiert", „Ich war nicht in der richtigen Stimmung", „Ich hatte keine Lust" vorkommen. Nervosität, Depressionen, Stimmungen, Lustlosigkeit kennzeichnen immer wieder Holden Caulfields Haltung dem Leben gegenüber. Das Wort „deprimieren" ist eines der häufigsten von ihm gebrauchten Wörter. Schauen wir näher zu, so können wir nicht umhin, als Holden Caulfield zumindest als einen potientiellen Neurotiker und Hypochonder zu bezeichnen.
Zum besseren Verständnis dieser Begriffe greifen wir auf die Erklärung derselben in einem Lexikon der Medizin zurück.
Neurosen sind seelisch verursachte Krankheitserscheinungen, die sich sowohl auf seelischem als auch auf körperlichem Gebiet äußern können. Die moderne Lehre von den Neurosen geht auf Sigmund Freud zurück. Neurosen sind Folgen gestörter seelischer Verarbeitung unbewältigter innerer Lebensschwierigkeiten, Enttäuschungen, Frustrationen, Konflikte und Triebkonflikte. Sie werden vor allem durch ungünstige Milieueinflüsse, z. B. Elternhaus, Schule usw. ausgelöst. Die auslösenden seelischen Traumen sind oft aus dem Bewußtsein verdrängt und reichen bis in die frühe Kindheit und Schulzeit zurück. Auch soziale Konflikte und Spannungen bedingen Neurosen.
Hypochondrie bezeichnet die Neigung zu überängstlicher Selbst-

beobachtung und Überbewertung selbst geringfügiger oder eingebildeter seelischer oder körperlicher Mißempfindungen. Ein körperlich ganz Gesunder (Vgl. Holder Caulfield: „Aber eigentlich bin ich sehr gesund", S. 8) glaubt aus übertriebener Ängstlichkeit, an einer ernsten Krankheit zu leiden. Ein solcher Mensch beobachtet sich selbst auf das Genaueste und sieht in jeder noch so harmlosen Abweichung oder Unregelmäßigkeit eine Bestätigung seines vermeintlichen Leidens. Dem eingebildeten Kranken wird nun die Selbstbeobachtung zum Lebensinhalt, er „studiert" seine vermeintliche Krankheit und sieht überall an sich deren Symptome. Mißmut, Verzagtheit, Niedergeschlagenheit, Depressionen sind die unausweichliche Folge. Solche Menschen leiden oft tatsächlich; sie bedürfen einer psychotherapeutischen Hilfe, um ihre Beschwerden abschütteln zu können.

Bei Beachtung dieser Angaben wird es leicht fallen, die Selbstdarstellung Holden Caulfields als Ausdruck eines inneren Ungleichgewichts und seelischer Erschütterung zu begreifen.

Zunächst kennzeichnet Holden Caulfield seine eigene Konstitution: „Ich bin ziemlich kurzatmig, falls das jemand interessiert. Erstens bin ich starker Raucher - das heißt, früher war ich einer. Jetzt haben sie es mir verboten. Zweitens bin ich im letzten Jahr sechzehn Zentimenter gewachsen. Deshalb bekam ich auch sozusagen TB und mußte mich hierhier in diese Anstalt begeben, für alle diese verdammten Untersuchungen und so weiter. Aber eigentlich bin ich sehr gesund." (S. 8)

„Ich trinke meistens nur Orangensaft. Ich bin kein guter Esser. Tatsächlich. Deshalb bin ich auch so verdammt mager. Man hatte mir eigentlich eine besondere Diät mit viel Kohlehydraten und so'n Mist zum Zunehmen verordnet, aber ich hielt mich nie dran. Wenn ich auswärts esse, bestelle ich im allgemeinen ein Käsesandwich und Malzmilch. Das ist zwar nicht viel, aber angeblich sollen im Malz viel Vitamine sein. Holden Vitamin Caulfield." (S. 80)

Daß die Worte „deprimiert", „deprimierend", „nicht in der Stimmung", „keine Lust" immer und immer wieder von Holden zur Kennzeichnung seiner jeweiligen Seelenlage gebraucht werden, ist schon oben erwähnt worden. Beispiele hierfür finden sich u. a. auf

den Seiten 9, 10, 15, 46, 58, 68, 72, 78, 84, 85, 86, 90, 110, 124, 142, 143, 144, 148 und vielen anderen.
Auch über mangelnde Konzentrationsfähigkeit muß Holden immer wieder klagen: „Dummerweise konnte ich mich nicht richtig konzentrieren.“ (S. 124) „Aber leider konnte ich mich gar nicht recht konzentrieren.“ (S. 138)
Wiederholt bezeichnet sich Holden selbst als „verrückt“: „Mädchen — großer Gott. Sie können einen verrückt machen, wirklich.“ (S. 56) „Ich bin nicht bei Trost. Gott sei's geklagt, ich bin verrückt. Ich gebe es zu. Ich bin vollkommen verrückt. Im Ernst.“ (S. 92)
Wenn Holden auch nicht dieses Wort im „medizinischen“ Sinn gebraucht, will er damit doch einen außergewöhlichen, unnormalen geistigen Zustand verdeutlichen. In das Bild dieses Zustands paßt es auch, daß er sich immer wieder als „irgendwie traurig“, „wahnsinnig traurig“, „über die Maßen traurig“ (S. 72) bezeichnet, daß er seine Minderwertigkeitskomplexe verkraften muß: „Ich bin eben ein gottverdammter Minderjähriger.“ (S. 54) „Ich mache jetzt einfach so eine Phase durch. Jedermann macht doch Phasen durch, nicht?“ (S. 15) „Mein Liebesleben hinkt. Mein Liebesleben ist ein Elend.“ (S. 108)
„Ich bin wahnsinnig allein. Im Ernst.“ (S. 109). Auch sein Einsamkeitsgefühl, das Gefühl einer ungeheuren Verlassenheit bricht immer wieder durch.
Von hier aus ist es nur ein Schritt zu den echt hypochondrischen Anwandlungen, die Holden Caulfield befallen: „Schließlich setzte ich mich auf eine Bank. Ich schlotterte wie ein Verrückter, und am Hinterkopf hatte ich trotz der Jagdmütze einen Eisklumpen in den Haaren. Das machte mir Sorgen. Ich dachte, ich würde wahrscheinlich Lungenentzündung bekommen und sterben. Ich stellte mir die Million Leute bei meiner Beerdigung vor. Eine riesige Menschenmenge. Dann stellte ich mir auch vor, wie sie mich alle auf den gottverfluchten Friedhof schleppen würden und mein Name auf einem Grabstein stünde. Zwischen lauter anderen Toten.“ (S. 114)
Hypochondrie befällt Holden Caulfield auch, als er in einem Magazin Artikel über Hormone und Krebskrankheiten liest: „Der Artikel war über Hormone. Es wurde beschrieben, wie man aussehen soll-

te — das Gesicht und die Augen und alles —, wenn die Hormone intakt wären, und ich sah absolut nicht so aus. Auf mich paßte die Beschreibung von dem Kerl in dem Artikel, bei dem die Hormone nicht in Ordnung sind. Ich fing an, mir über meine Hormone Sorgen zu machen. Dann las ich einen Artikel darüber, wie man feststellen könne, ob man Krebs habe. Wenn man wunde Stellen im Mund habe, die nicht sofort heilen, hieß es, dann sei das ein Zeichen, daß man vermutlich Krebs habe. Und ich hatte seit gut zwei Wochen innen an der Lippe eine wunde Stelle. Deshalb vermutete ich, daß ich Krebs bekäme. Ich dachte, daß ich wahrscheinlich in ein paar Monaten an Krebs sterben würde. Ganz im Ernst. Ich war überzeugt davon. Das besserte meine Stimmung absolut nicht." (S. 143)

Wenn Holden eine Unterhaltung oder Situation unangenehm wird und er ihr ausweichen will, flüchtet er sich gerne und schnell in simulierte Angaben über irgendwelche Schmerzen, die ihn angeblich bedrücken, über bevorstehende Operationen und in Andeutungen über Lebensmüdigkeit. So schützt er immer wieder Magendrücken und Bauchkrämpfe vor, wenn ihm etwas nicht paßt (z. B. S. 98), bindet der Mutter seines Mitschülers Ernest Morrow im Eisenbahnabteil, nur um sich interessant zu machen, das Märchen auf, er habe eine ganz kleinen Tumor im Gehirn und müsse sich jetzt operieren lassen (S. 45), und versucht, der intimen Begegnung mit der Nutte, die ihm Maurice aufs Hotelzimmer schickt, dadurch auszuweichen, daß er ihr erzählt, er habe gerade eine Operation an seinem „Klavicord" gehabt (S. 72).

So ist es nicht verwunderlich, daß ein etwas älterer früherer Schulkamerad Holdens, ein gewisser Carl Luce, ihm den Rat gibt, sich einmal psychotherapeutisch behandeln zu lassen.

„Eine Psychoanalyse, meinst du?" fragte ich. Dazu hatte er mir damals geraten. Sein Vater war Psychoanalytiker.

„Das ist deine Sache, großer Gott. Mich geht das wahrhaftig nichts an, was du aus deinem Leben machst."

Ich sagte eine Zeitlang nichts. Ich dachte nach.

„Und wenn ich zu deinem Vater ginge und mich analysieren ließe", sagte ich schließlich, „was würde er dann mit mir machen? Ich meine — was würde er mit mir machen?"

„Du lieber Himmel, gar nichts würde er mit dir machen. Er würde einfach mit dir sprechen, und du würdest mit ihm sprechen. Aber erst einmal würde er dir dazu verhelfen, daß du deine eigene Gefühlswelt erkennst.“
„Meine Gefühlswelt?“
„Ja. Dein Gefühlsleben spielt sich in ... Aber ich gebe keinen Elementarkurs für Psychoanalyse. Wenn es dich interessiert, dann ruf ihn an und mach eine Konsultation mit ihm ab. Wenn nicht, dann laß es bleiben. Es könnte mir nicht gleichgültiger sein als es ist, ehrlich gesagt.“
„Du“, sagte ich, als er gerade gehen wollte. „Hat dein Vater dich auch einmal analysiert?“
„Mich? Warum fragst du das?“
„Ohne Grund. Aber hat er das getan?“
„Nicht eigentlich. Er hat mir dabei geholfen, mich bis zu einem gewissen Grad auszubalancieren, aber eine eingehende Analyse war nicht nötig. Warum fragst du?“
„Aus keinem besonderen Grund. Ich wollte es nur wissen.“ (S. 109)
Holden leidet tatsächlich, von seinen Neurosen und seiner Hypochondrie abgesehen, an einigen krankhaften Erscheinungen. So befällt ihn mitunter ein undefiniertes, sonderbares Gefühl, er leidet unter Kopfschmerzen, Schwindelanfällen und einer gewissen Fallsucht. „Ich fühle mich ganz sonderbar. Irgendwie schwindlig.“ (S. 133) „Es war mir immer noch irgendwie schwindlig, und ich hatte plötzlich wahnsinniges Kopfweh.“ (S. 134). „Ich hatte Kopfweh und fühlte mich miserabel. Ich hatte sogar eine Art Magenkrämpfe, falls das jemand interessiert.“ (S. 135)
Die „furchtbaren Kopfschmerzen“ Holdens und seine Schwindelgefühle rufen schließlich mehrfach eine Ohnmacht hervor: „Als ich aus der Toilette kam, wurde ich gerade vor der Tür ohnmächtig. Dabei hatte ich noch Glück. Ich meine, ich hätte mir beim Umfallen den Hals brechen können, aber ich landete nur auf der Seite.“ (S. 150) „Ich wurde wieder schwindlig und dachte, ich fiele wieder ohnmächtig um oder was weiß ich.“ (S. 151)
Das Motiv des Stolperns, Stürzens, Hinfallens, Umfallens zieht sich wie ein roter Faden durch den Roman „Der Fänger im

Roggen". Dieses Stolpern und Beinahe-Fallen (z. B. S. 113, 132) verrät Holdens innere Unsicherheit, ist ein Zeichen seines „Aus-der-Rolle-Fallens", bis er schließlich tatsächlich in Ohnmacht fällt, aus der er als „neuer Mensch", als ein etwas gereifterer Jugendlicher erwacht. Medizinisch gesehen, mögen gewisse Kreislaufstörungen bei Holdens Kopfschmerz- und Ohnmachtsanfällen eine Rolle spielen, die auf Wachstumsvorgänge und pubertäre Veränderungen zurückzuführen sind; psychisch gesehen, handelt es sich um die Suche und Gewinnung einer neuen Platform für seine geistige Existenz, sein Erwachsenwerden. Nach Überwindung aller Anomalien und Entwicklungsstörungen findet jedenfalls Holden Caulfield zu sich selbst, nicht zuletzt „erlöst" durch die reine unvoreingenommene schwesterliche Liebe der kleinen Phoebe.

HOLDEN CAULFIELDS VERHÄLTNIS ZUR RELIGION

Von einem spezifisch religiösen Interesse Holden Caulfields kann nicht die Rede sein. Sein Verhältnis zur Religion ist indifferent. Er selbst bezeichnet sich zwar als einen Atheisten, sagt aber im gleichen Atemzug: „Christus und so habe ich wohl gern ...“ (S. 74) Er entstammt einer Mischehe: „Meine Eltern gehören verschiedenen Konfessionen an ...“ (S. 75) Später heißt es: „Tatsächlich war mein Vater früher katholisch. Er trat aus, als er meine Muter heiratete.“ (S. 83) Von den Kindern der Familie behauptet Holden, sie seien alle „Atheisten“. Damit meint er aber nur, daß sie nie in die Kirche gehen, so wie er Geistliche nicht leiden können und sich nicht viel aus der Bibel machen: „Falls jemand die ganze Wahrheit wissen will, so muß ich sagen, daß ich Geistliche nicht leiden kann. In jeder Schule, in der ich war, hatten die Geistlichen immer so eine salbungsvolle Stimme, wenn sie mit ihrer Predigt anfingen. Das finde ich unerträglich. Ich verstehe nicht, warum zum Teufel sie nicht mit ihren natürlichen Stimmen sprechen können. Das klingt so unecht.“ (S. 75)

Unecht — damit ist das Wort gefallen, das die religiösen Zweifel Holden Caulfields hervorruft. Sein „Atheismus“ — wie er es nennt — ist nichts anderes als ein Kampf gegen Unrecht, Scheinheiligkeit, Verstellung und Lüge. Wie er Jesus Christus anerkennt, ja sogar „gern hat“, respektiert er auch die religiösen Überzeugungen und die Konfession seiner Mitmenschen.

„Du, Ackley, was muß man eigentlich tun, um ins Kloster zu gehen? Muß man dafür katholisch sein und so weiter?“ Ich spielte nämlich mit diesem Gedanken.

„Natürlich muß man katholisch sein. Du Idiot, hast du mich nur geweckt, um blöde Fragen —“

„Ach, schlaf nur weiter. Ich geh ohnedies in keins. Bei dem Pech, das ich immer habe, käme ich wahrscheinlich in eins, wo nur die verkehrte Sorte von Mönchen ist. Lauter gemeine Esel. Jedenfalls Esel.“

Als ich das sagte, fuhr Ackley in seinem Bett in die Höhe. „Hör mal“, schrie er, „über mich oder sonst was kannst du sagen, was

du willst, aber wenn du anfängst, über meine verdammte Religion zu —"
„Reg dich nicht auf, Ackley. Kein Mensch sagt etwas gegen deine verdammte Religion." (S. 40)
Unangenehm ist Holden jede religiöse Schnüffelei, besonders wenn sie mit einer gewissen Sympathie oder Antipathie einem Gleich- oder Andersgläubigen gegenüber verbunden ist. So beschwert er sich zum Beispiel über Katholiken, die immer gern wissen wollen, ob man auch ihrer Kirche angehört: „Katholiken wollen immer herausfinden, ob man katholisch ist. In Whooten lernte ich einen katholischen Schüler kennen, der sich sehr für Tennis interessierte. Mitten im Gespräch fragte er: „Hast du zufällig gesehen, wo hier die katholische Kirche ist?" An der Art, wie er fragte, merkte man deutlich, daß er nur herausfinden wollte, ob ich katholisch sei. Er unterhielt sich gern über Tennis, aber er hätte sich noch lieber mit mir darüber unterhalten, wenn ich katholisch gewesen wäre. So etwas macht mich verrückt." (S. 84)
Jede Neigung zu religiösen Vorurteilen, am meisten aber Unwahrhaftigkeit und Verlogenheit in religiöser Beziehung sind Holden verhaßt. Die in der Wohlstandsgesellschaft im Umlauf befindliche „religiöse Kurrentmünze" mit ihren abgegriffenen Schlagworten und vorgetäuschter, geheuchelter Gläubigkeit sind Holden ein Zeichen abgefeimter Scharlatanerie. Ein typisches Beispiel für Pharisäertum, das Gott im Munde führt und nur Geschäft meint, ist das Beispiel des derzeitigen Pencey-Schülers und jetzigen Begräbnisinstitutbesitzers Ossenburger, der pietätlose Massenbeerdigungen („fünf Dollar pro Stück") veranstaltet, sich hinkniet, wenn er in finanziellen Schwierigkeiten sich befindet, und dann mit Jesus spricht und zu Gott betet. „Er sagte, wir müßten uns Jesus als unseren Kumpel vorstellen und so. Er selbst spreche die ganze Zeit mit Christus, behauptete er. Sogar wenn er am Lenkrad sitze. Das gab mir den Rest. Ich kann mir diesen dicken Schwindler vorstellen, wie er den ersten Gang schaltet und Christus bittet, ihm noch ein paar Leichname (für sein Beerdigungsinstitut) zu schicken." (S. 16)
Daß diese utilitaristische Einstellung eines Managertyps Holden

Caulfield anekelt, ist angesichts seiner gesellschaftskritischen Denkweise nicht verwunderlich. Sein Abscheu vor diesem „Christentum" für den Hausgebrauch, das fertige Rezepte für alle Lebenslagen bereithält und den lieben Gott als eine Art Berater für wirtschaftliche Notlagen, als Helfer bei Geschäftskrisen ansieht, zeigt aber auch, daß Holden durchaus kein „Atheist" ist, daß er Materialismus und echte Religiosität durchaus zu trennen weiß. Weil ihm die Welt des Scheins verhaßt ist, beanstandet er jedes äußerliche Zeremoniell des Begegnens mit göttlichen Dingen. So empört ihn auch die Blasphemie der Weihnachtsnummer, die jedes Jahr in einem Kino gegeben wird: „Von überallher erscheinen Engel, Kruzifixe werden herumgetragen, und alle Darsteller singen wie toll: „Auf, gläubige Seelen!" Das soll höllisch religiös sein, ich weiß, und außerdem noch schön, aber ich kann bei Gott nichts Religiöses oder Schönes daran finden. Ich sehe einen Haufen Schauspieler, die Kruzifixe über die Bühne schleppen. Als sie endlich fertig waren und wieder in den Kulissen verschwanden, hatte man den Eindruck, daß sie kaum abwarten konnten, bis sie eine Zigarette rauchen durften oder was weiß ich. Ich meinte, der gute Jesus würde wohl das Kotzen kriegen, wenn Er das sehen könnte, diese Phantasiekostüme und das ganze Zeug. Was Christus vielleicht wirklich gefallen hätte, wäre der Paukenschläger im Orchester gewesen ..." (S. 101)
Wie zugänglich Holden Caulfield religiöser Thematik ist, wie sehr er sich mit dem Gedankengut der Bibel — aus der er sich zwar nicht viel macht — doch auseinandersetzt, wie sehr er Schein und Sein trennen möchte und nach echten religiösen Handlungen und Werten fragt, zeigt auch folgende Auseinandersetzung: „Zum Beispiel diese Jünger, die ärgern mich wahnsinnig, wenn ich ehrlich sein soll. Nachdem Christus tot war, benahmen sie sich zwar anständig, aber solange er noch lebte, nützten sie ihm ungefähr ebensoviel wie ein Loch im Kopf. Sie ließen ihn immer nur im Stich. Fast alle Leute in der Bibel sind mir lieber als die Jünger. Falls es jemand genau wissen will: der Kerl, der mir nach Jesus in der Bibel am besten gefällt, ist dieser Verrückte, der in den Gräbern wohnte und sich dauernd an Steinen schnitt; der gefällt mir zehnmal so gut

wie die Jünger, dieser arme Hund. In Whooton diskutierte ich oft mit einem namens Arthur Childs, der am andern Gangende wohnte. Childs war ein Quäker und las fortwährend in der Bibel. Er war sehr nett, ich hatte ihn gern, aber über vieles in der Bibel waren wir ganz verschiedener Ansicht. Hauptsächlich über die Jünger. Er sagte immer, wenn ich nicht für die Jünger sei, dann sei ich auch nicht für Christus und so. Da Christus die Jünger ausgesucht habe, müßten sie einem recht sein. Ich sagte, natürlich habe Christus sie ausgesucht, das wisse ich auch, aber er habe sie nur auf gut Glück ausgesucht. Er habe ja keine Zeit gehabt, jeden genau zu analysieren. Ich sagte, ich machte das Christus nicht zum Vorwurf. Es sei nicht seine Schuld gewesen, daß er so wenig Zeit gehabt habe. Ich erinnere mich, daß ich Childs einmal fragte, ob er denke, daß Judas — der Christus verriet und so weiter — nach seinem Selbstmord in die Hölle gekommen sei. Childs sagte, das meine er allerdings. In diesem Punkt war ich absolut anderer Ansicht. Ich sagte, ich würde tausend Dollar wetten, daß Christus diesen Judas nicht in die Hölle geschickt hätte. Das würde ich heute immer noch wetten, wenn ich tausend Dollar hätte. Jeder von den Jüngern hätte ihn in die Hölle geschickt — und zwar ohne Umschweife —, das glaube ich wohl, aber Christus ganz sicher nicht." (S. 74)
Holden Caulfields immer erneutes Eintreten für Christus, ja seine Versuche, vor dem Schlafengehen zu beten, zeigen, daß er durchaus nicht der „Atheist" ist, als den er sich ausgibt: „Schließlich zog ich mich aus und ging ins Bett. Ich hätte gern gebetet oder ich weiß nicht was, aber ich brachte es nicht fertig. Ich kann nicht immer beten, wenn ich dazu Lust habe. Jedenfalls konnte ich also kein Wort beten, als ich im Bett lag. Wenn ich anfangen wollte, fiel mir immer diese Sunny ein ..." (S. 74 f.)
Wir sehen also, daß wir es bei Holden Caulfield mit einer noch unentwickelten Religiosität zu tun haben, einer Religiosität, die noch nicht ihre feste Form gefunden hat, sondern, dem Entwicklungsstand dieses Jugendlichen entsprechend, im Werden begriffen ist, dabei aber doch schon die Richtung andeutet, in der sie sich entwickeln wird: Glaube nur da, wo die Wahrheit ihn ermöglicht und fordert.

DINGSYMBOLE: ENTEN UND MUMIEN

Unter Dingsymbolen versteht man Gegenstände oder Erscheinungen von symbolhafter Bedeutung, die leitmotivartig an bedeutsamen Stellen einer Dichtung wiederkehren und das Handlungsgefüge erhellen, die einen besonderen Bezug zur Hauptperson oder zum Geschehen des Werkes haben. Als solche Dingsymbole erscheinen in Salingers Roman „Der Fänger im Roggen" die Enten im Central Park von New York und die Mumien im Metropolitan Museum.

Viermal im Gesamtkonzept des Romans taucht das Motiv der Enten auf: Seite 13, 47, 62, 113.

Seite 13: „Ich (Holden Caulfield) wohne in New York, und ich dachte an den See im Central Park, in der Nähe von Central Park South. Ich dachte, ob er wohl zugefroren wäre, wenn ich heimkäme, und wo dann wohl die Enten hingingen. Ich fragte mich, was aus den Enten würde, wenn der ganze See zugefroren wäre. Ob wohl einer mit einem Auto käme und sie in einen Zoo oder sonst irgendwohin brächte. Oder ob sie einfach fortflögen."

Seite 47: Holden befragt einen Taxifahrer: „Kennen Sie die Enten in dem See beim Central Park South? Wissen Sie zufällig, wo die Enten hinkommen, wenn der See zugefroren ist?" Er drehte sich um und warf mir einen Blick zu, als ob ich wahnsinnig wäre. „Was soll denn das bedeuten? fragte er. „Wollen Sie mich zum Narren halten?" „Nein, es hätte mich nur interessiert." Er gab keine Antwort mehr. Ich schwieg ebenfalls."

Seite 62: Holden verstrickt einen anderen Taxifahrer in ein Gespräch: „He, Horwitz", sagte ich. „Kommen Sie manchmal am See im Central Park vorüber? Beim Central Park South?"

„Wo vorbei?"

„Am See. An dem kleinen Teich. Wo die Enten sind, wissen Sie."

„Ja, was ist damit?"

„Haben Sie die Enten dort gesehen? Im Frühling oder so? Und wissen Sie zufällig, wo die im Winter hinkommen?"

„Wo wer hinkommt?"

„Die Enten. Wissen Sie das zufällig? Ich meine, holt sie wohl jemand mit einem Wagen oder fliegen sie von selber fort — in den Süden oder so?"
Der gute Horwitz drehte sich zu mir um und schaute mich an. Er war ein aufbrausender Typ. Aber nicht unsympathisch.
„Wie zum Teufel soll ich etwas so Blödes wissen?"
„Ärgern Sie sich doch nicht", sagte ich. Irgend etwas ärgerte ihn offenbar daran.
„Wer ärgert sich hier? Ich sicher nicht."
Da brach die Unterhaltung ab, da er so empfindlich zu sein schien. Aber er fing von selber wieder an. Er drehte sich wieder um und sagte: „Die Fische kommen nirgends hin. Die bleiben, wo sie sind. Einfach in dem verdammten See."
„Fische sind etwas anderes. Ich rede aber von den Enten."
„Was soll daran anders sein? Gar nichts ist anders", sagte Horwitz. Alles was er sagte, klang gereizt. „Für die Fische ist es im Winter noch viel schlimmer als für die Enten. Herrgott noch mal, brauchen Sie doch Ihren eigenen Verstand."
„Die Enten können aber doch nicht einfach so tun, als ob das Eis nicht da wäre. Sie können's doch nicht einfach ignorieren."
„Wer ignoriert es denn? Keiner ignoriert es", sagte Horwitz. Er wurde so aufgeregt, daß ich befürchtete, er würde gegen eine Laterne oder was weiß ich fahren. „Sie leben einfach in dem verdammten Eis. Das ist ihre Natur, verflucht noch mal. Sie frieren einfach den ganzen Winter lang in einer Stellung fest."
„So? Was fressen sie dann? Wenn sie festgefroren sind, können sie ja nicht herumschwimmen und Futter und so suchen."
„Mit dem Körper, verdammt noch mal — wo fehlt's denn bei Ihnen? Mit dem Körper nehmen sie Nahrung auf, einfach durch den gottverfluchten Seetang und alles, was im Eis ist. Sie haben die ganze Zeit die Poren offen. Das ist einfach ihre Natur so. Verstehen Sie, was ich damit sagen will?" Er drehte sich wahrhaftig schon wieder um und schaute mich an.
„Aha", sagte ich. Ich ließ das Thema fallen. Ich hatte Angst, daß wir mit dem verdammten Taxi verunglücken würden.
Seite 113: „Ich machte mich auf den Weg zum Park. Ich wollte zu

dem kleinen See gehen und nachsehen, was zum Teufel die Enten machten — ob sie überhaupt noch da waren. Ich wußte immer noch nicht, was im Winter aus ihnen wurde. Der Park war nicht weit weg, und es fiel mir nichts ein, wo ich sonst hätte hingehen können. Ich war gar nicht müde oder so. Nur wahnsinnig deprimiert. Ich ging weiter in den Park hinein. Es war stockdunkel. Ich bin in New York aufgewachsen und kenne den Central Park auswendig, aber in dieser Nacht hatte ich die größte Mühe bis ich den See fand. Ich ging immer weiter und weiter, und es wurde immer dunkler und unheimlicher und unheimlicher. Dann fand ich den See endlich. Er war zum Teil zugefroren und zum Teil nicht. Aber Enten sah ich nirgends. Ich ging um den ganzen verdammten See herum — einmal wäre ich um ein Haar hineingefallen —, aber ich sah keine einzige Ente. Ich dachte, falls sie noch da wären, schliefen sie vielleicht am Ufer, auf dem Gras und so. Aber es war keine Ente da."

Zweifelsohne bezieht Holden Caulfield die Situation der Enten auf seine eigene Lage. Am Schicksal der Enten will er sein eigenes Schicksal erkennen, sein Schicksal, das einer ständigen Veränderung unterworfen ist und von bestimmten Bedingungen abhängig ist. Was Holden fürchtet, ist die ihm bevorstehende Ungewißheit, die sich in der Ungewißheit des Schicksals der Enten widerspiegelt.

Ganz anders, von entgegengesetzter Bedeutung ist für ihn das „Schicksal" der ägyptischen Mumien. Schon in seinem Geschichtsaufsatz (S. 12) kommt er auf die Mumien zu sprechen. Im Metropolitan Museum trifft er mit zwei kleinen Jungen zusammen, welche die Mumien sehen wollen. Holden führt sie in den „ziemlich unheimlichen" Mumienraum und erklärt ihnen die Methode der Mumifizierung. Die Mumien verkörpern Holden das ewige Sein, einen unveränderbaren gleichbleibenden Zustand. „Sie können tausend Jahre in den Gräbern liegen, ohne daß sie verwesen." (S. 149) Holden empfindet die Ruhe und den Frieden der Mumiengrabkammer, einen Frieden, nach dem er sich in all seiner Unsicherheit und Ungewißheit der Zukunft sehnt. Aber selbst dieser Friede wird ihm gestört durch eine geheimnisvolle Inschrift, die ihn ständig verfolgt, seine Sinnlichkeit anspricht und den Ort der tiefsten Ruhe bedroht: „Das ist es eben. Man kann nirgends einen friedlichen Ort finden, weil es keinen gibt.“ (S. 150) Holden muß sich erst selbst finden, um zur Ruhe zu kommen, um seine Pubertät überwinden zu können und innerlich reif zu werden. Hin- und hergerissen zwischen Unruhe und Ungewißheit, zwischen der Frage nach dem Woher und Wohin (Symbol der Enten) und der Sehnsucht nach Beständigkeit, Ausgeglichenheit, Reife und zeitloser Vollendung (Symbol der Mumien) bleibt ihm nur ein schmaler Weg, den Holden, wenn auch unbewußt, immer wieder sucht.

KOMPOSITION UND SPRACHGESTALT DES ROMANS „DER FÄNGER IM ROGGEN“

1. Die Ich-Form des Erzählens

Das Besondere der Ich-Form des Erzählens liegt darin, daß diese Erzählweise uns einen unmittelbaren, persönlichen, ganz dem Erzähler (hier: Holden Caulfield) gehörenden, seinem Stil entsprechenden Ausdruck vermittelt. Gegenüber der Er-Form der auktorialen Erzählweise ist die Ich-Form der personalen Erzählweise lebendiger und wirklichkeitsnäher. Der Erzäher selbst, der hier mit der Hauptgestalt der ganzen Geschichte identisch ist, wird durch die persönliche Erzählweise der Ich-Form für den Leser greifbarer, spricht als Mensch zu Menschen. Man erlebt ihn als denjenigen, der seine eigenen Erfahrungen, Gedanken und Probleme vor uns ausbreitet, die ihn umgebenden Personen und Verhältnisse mit seinen Augen sieht und auf seine Weise darstellt.

Dabei ist die Form der Ich-Erzählung, die sich nur auf den Erzähler selbst bezieht („Ich ...“), durchbrochen durch den epischen Bericht des Erzählers in der 3. Person und durch das Stilmittel des sogenannten „inneren Monologs“, einer Wiedergabe von in Wirklichkeit nicht ausgesprochenen Gedanken und Assoziationen des Erzählers, einer aus dem Unterbewußtsein kommenden „stummen Aussage“. Dieser innere Monolog ist im wesentlichen nichts anderes als eine direkte Rede, die in Gedanken oder in leisem Selbstgespräch gehalten wird und nicht an ein Gegenüber gerichtet ist. Er macht uns mit dem Innenleben des Erzählers bekannt, ist ein Ausdruck seiner intimsten Gedanken, dem Unbewußtsein so nahe wie möglich; ein „Bewußtseinsstrom“, der Erscheinungen und Vorgänge seismographisch registriert.

In Salingers Roman „Der Fänger im Roggen“ greifen also folgende Erzählperspektiven ständig ineinander:

a) Die personale Ich-Erzählung, in welcher der Erzähler von sich selber, von seiner eigenen Person spricht.

b) Der epische Bericht des Erzählers, in welchem er meist in der 3

Person über andere oder allgemein über Beobachtungen und Wahrnehmungen spricht.
c) Der innere Monolog, in welchem der Erzähler nur gedachte (nicht geäußerte!) Bemerkungen, Wahrnehmungen, Wünsche und Assoziationen aller Art wiedergibt.
Dieses Ineinandergreifen der verschiedenen Erzählperspektiven bewirkt die Lebendigkeit und Lebensnähe der sprachkünstlerischen Gesamtgestalt des Romans.
Zwei Beispiele mögen das Gesagte erläutern:

Text S. 54—55 (Kapitel 10)

Ich-Erzählung: Ich fing wieder an, den drei Hexen am andern Tisch Blicke zuzuwerfen — das heißt der Blonden. Ich machte es aber nicht aufdringlich. Ich fixierte sie nur sehr kühl.
Epischer Bericht: Alle drei fingen wie verrückt an zu kichern. Sie kicherten immer hysterischer und benahmen sich wie dumme Gänse. Schließlich stand die Blonde auf, und wir gingen zur Tanzfläche. Die beiden andern platzten fast.
Ich-Erzählung: Ich wollte wirklich gern tanzen. Offenbar war ich damals sehr verzweifelt, daß ich mich überhaupt mit ihnen einließ.
Epischer Bericht: Aber es lohnte sich. Die Blonde tanzte prima. Sie war eine der besten Tänzerinnen, mit der sich je getanzt habe ... Wir tanzten nur.
Innerer Monolog: Großer Gott, wie diese Gans tanzen konnte! Tatsächlich sind die blödesten Mädchen beim Tanzen manchmal umwerfend. Sie war wirklich eine Gans. Aber wie sie tanzte!
Ich-Erzählung: Ich konnte nicht anders, als sie auf den blöden Kopf zu küssen, oben auf den Scheitel.
Epischer Bericht: Sie wurde giftig.
Innerer Monolog: Eine feine Dame! Eine Königin, Herr im Himmel.

Text S. 11—13 (Kapitel 2)

Epischer Bericht: Der alte Spencer fing wieder an zu nicken. Außerdem fing er an in der Nase zu bohren. Er tat so, als ob er sich nur kratzte, aber in Wirklichkeit hatte er seinen ganzen Daumen drin.

Ich-Erzählung: Mir war es gleichgültig, nur ist es ziemlich ekelhaft, wenn ich jemand beim Nasebohren zusehen muß.
Epischer Bericht: Dann sagte er: „Ich hatte die Ehre, deine Eltern kennenzulernen — vor ein paar Wochen. Es sind famose Menschen."
Innerer Monolog: Famos. Dieses Wort ist mir wirklich verhaßt. Dieser Schwindel. Wenn ich das höre, muß ich jedesmal kotzen.
Epischer Bericht: Dann machte Spencer plötzlich ein Gesicht, als hätte er mir etwas ganz Besonderes und Tiefsinniges mitzuteilen. Er richtete sich in seinem Sessel auf und bewegte sich hin und her ... Er versuchte meine Examensarbeit auf das Bett zu werfen. Natürlich traf er daneben.
Ich-Erzählung: Ich mußte aufstehen und sie vom Boden heben und sie auf die Zeitschrift legen.
Innerer Monolog: Es ist langweilig, das alle zwei Minuten zu tun.
Epischer Bericht: „Was hättest du an meiner Stelle getan?" fragte er. „Sag die Wahrheit, Junge." Offenbar kam es ihm ziemlich schäbig vor, daß er mich hatte durchfallen lassen.
Ich-Erzählung: Ich sagte also meinen Spruch auf. Ich sagte, ich sei eben ein Dummkopf und so. Ich sagte, ich hätte an seiner Stelle genau dasselbe getan, und die meisten Leute wären sich nicht richtig klar darüber, wie schwer es ein Lehrer habe.
Innerer Monolog: Lauter solches Zeug. Die üblichen Sprüche. (Es folgt ein Abschnitt, in dem die Tatsache des „inneren Monologes" von dem Erzähler Holden Caulfield selber ausgesprochen wird:) Komischerweise dachte ich aber an etwas anderes, während ich meinen Spruch aufsagte. Ich wohne in New York, und ich dachte an den See im Central Park, in der Nähe von Central South Park. Ich dachte, ob er wohl zugefroren wäre, wenn ich heimkäme, und wo dann wohl die Enten hingingen. Ich fragte mich, was aus den Enten würde, wenn der ganze See zugefroren wäre. Ob wohl einer mit einem Auto käme und sie in einen Zoo oder sonstwohin brächte. Oder ob sie einfach fortflögen.
Ich-Erzählung: Ich habe es eigentlich gut. Ich meine, ich konnte dem alten Spencer meinen Spruch aufsagen und gleichzeitig an die Enten denken.

Innerer Monolog: Komisch. Man braucht nie besonders nachzudenken, wenn man mit einem Lehrer spricht.
Epischer Bericht: Aber plötzlich unterbrach er mich.
Innerer Monolog: Er unterbricht einen immer ... Wenn er doch nur seine knochige Brust bedecken würde. Er war nicht gerade ein überwältigend schöner Anblick.
Natürlich sind die Grenzen, wie zuletzt ersichtlich, zwischen den einzelnen Erzählperspektiven mitunter fließend, und es läßt sich nicht immer genau entscheiden, was noch Ich-Erzählung und was bereits innerer Monolog ist. Nichtsdestoweniger wird das Ineinandergreifen der verschiedenen Ebenen des Erzählens immer wieder sichtbar. Die Beispiele ließen sich häufen, und es ist eine interessante Aufgabe, solche Beispiele aus Salingers Romen „Der Fänger im Roggen" herauszusuchen, nebeneinanderzustellen, zu zeigen, welche Erzählperspektive in bestimmten Abschnitten überwiegt und danach zu fragen, warum dies der Fall sein muß, also Begründungen für die Methode des Erzählens anzugeben. Dabei wird auch oft die Art der Selbstbespiegelung und Selbstdarstellung des Erzählers im inneren Monolog deutlich werden:
„H. V. Caulfield. Holden Vitamin Caulfield." (S.80)
„Caulfield und seine Zaubergeige. Verrückt, das sehe ich selbst auch, aber doch nur verrückt ... Junge, war ich ein Lebemann! Ich wurde mit der Zeit richtig lässig. Ganz im Ernst." (S.70)
„Junge, das war mir gründlich danebengegangen. Ich war ein Esel. Das hätte ich nicht sagen sollen. Ich hätte wenigstens einen Cocktail oder so etwas abmachen sollen." (S.51)
„Ich bin eben ein gottverdammter Minderjähriger." (S. 54)

2. Die Sprachgestalt

Die Sprachgestalt des Romans „Der Fänger im Roggen" ist für das Selbst- und Weltverständnis des Erzählers Holden Caulfield absolut bezeichnend. Holden Caulfield, der sechzehn- bis siebzehnjährige Gymnasiast, redet, wie ihm der Schnabel gewachsen ist. Er bedient sich seines Teenager-Jargons, der an Unmittelbarkeit, Direktheit, Unverfrorenheit und Keckheit nichts zu wünschen übrig läßt.

Dieser Teenager-Jargon ist es, der dem Roman das ihm eigene sprachliche Gepräge gibt. In Wortwahl und Satzbau zeigt sich ein jugendtypisches Sprachverhalten, das aus einer Abneigung gegen jede gewählte Ausdrucksweise, gegen jede elegante Sprachform, aber auch gegen den gedankenlosen phrasenhaften Gebrauch allgemeiner gesellschaftlicher Floskeln und Umgangsformen gerichtet ist.

Die bewußt provizierende, immer wieder gewollte Schnoddrigkeit der Aussageweise Holden Caulfields erweist sich im ständigen Gebrauch stereotyper Redewendungen: blöde, dreckig, idiotisch, doof, zum Kotzen, mistig, umwerfend, verdammt, verflixt, verflucht, verhaßt. Unzählige Substantive werden durch diese „schmückenden Beiwörter" charakterisiert und „verlebendigt". Wo die Worte für weitere Erklärungen und Umschreibungen fehlen, stellen sich die Floskeln „und so", „und so weiter", „und alles" ein.

Gern flüchtet sich Holden Caulfield auch in das „schätze ich", „meine ich" oder „ich weiß nicht was". Das zeigt seine innere Unsicherheit ebenso wie die Neigung zu oft maßlosen Übertreibungen, die ein gewisses Protzen kennzeichnen. So, wenn er, der Siebzehnjährige, von sich selber sagt: „Damals, als ich, vor etwa fünfzig Jahren ...", wenn er von dem fünfzigjährigen Veteranen behauptet, er habe seine „verdammten blöden Initialen" vor neunzig Jahren in die Klosettüre gekerbt, wenn er Mrs. Antolini sechzig Jahre älter sein läßt als ihren fast gleichaltrigen Mann, wenn er in Phoebes Schule eine ungefähr hundertjährige Dame an der Schreibmaschine sitzen sieht, wenn er in seines Bruders Zimmer „ein riesiges, ungefähr zehn Kilometer langes und zehn Kilometer breites Bett" erblickt (S. 116), über „zehn Millionen Mülleimer" stolpert (S. 132), „Millionen von Kleinkindern" in der Stadt trifft (S. 145) und Phoebe Schnürstiefel, „die mindestens eine Million Ösen haben", kaufen will, „ungefähr zwanzig Paar" anprobiert — „der arme Verkäufer wurde halb wahnsinnig, er mußte jedes Paar bis zuoberst zuschnüren" — und schließlich nur ein Paar Mokassins kauft. (S. 145). Mit der Angabe von Millionen — „eine Million Mädchen" (S. 91), „eine Million Dollar" (S. 90), „Ich stellte mir die Millionen Leute bei meiner Beerdigung vor" (S. 114) — ist Holden Caulfield genau so großzügig wie mit der Angabe von Jahren. Solche absichtlichen Übertreibungen sollen seine Aussagen unterstreichen und ihnen eine besondere Bedeutsamkeit verleihen; außerdem will Holden dadurch die Aufmerksamkeit auf sich lenken — gleichfalls ein jugendtypisches Verhalten, das sich in der Redeweise widerspiegelt. Wie kaum ein anderer Schriftsteller hat Jerome David Salinger das Fühlen und Denken, das Gebaren und den Ton der Jugendlichen seiner Zeit getroffen und in der Gestalt Holden Caulfields, in dessen kritischem Aufbegehren gegen Konvention und Konformismus beispielhaft zum Ausdruck gebracht.

DIE WERTHERIADEN: GOETHE — SALINGER — PLENZDORF

Die Lektüre von Salingers „Der Fänger im Roggen" (1951) gibt Anlaß, diesen Roman mit zwei anderen gleichgearteten Werken zu vergleichen: Goethes „Die Leiden des jungen Werthers" (1774) und Ulrich Plenzdorfs „Die neuen Leiden des jungen W." (1973). Eine ausführliche In-Beziehung-Setzung dieser drei epochemachenden Werke würde hier zu weit führen; es sollen aber einige Parallelen aufgezeigt werden, die als Anregung für weitere und eingehendere Vergleiche dienen können.

1. Alle drei genannten Werke erweckten bei ihrem Erscheinen, insbesondere bei der jungen Generation einen ungeheuren Widerhall, eine starke Begeisterung und machten ihre Verfasser mit einem Schlage berühmt. Allen drei Werken war ein spektakulärer Erfolg beschieden.

2. In den Hauptgestalten aller drei Werke fand sich die junge Generation widergespiegelt und erkannte in ihnen ihre eigenen Nöte und Sehnsüchte.

3. Alle drei Werke sind Erzeugnisse einer „Sturm- und Drang" — Epoche, einer jugendpsychologisch bedingten Bewegung, die das äußerst erlebnisfähige Ich des Menschen, dessen Empfindsamkeit, Gefühlsintensität und Sentimentalität, dessen nostalgische Anwandlungen in den Mittelpunkt stellt.

4. Die „Helden" aller drei Werke sind stark emotional betonte, introvertierte, meditierende, an ihrer Umwelt leidende, teils äußerst kritsich-aufbegehrende, teils romantisch-schwärmerische Typen. „Es müßte schlimm sein", sagt Goethe am 2. Januar 1824 zu Eckermann, „wenn nicht jeder in seinem Leben einmal eine Epoche haben sollte, wo ihm der „Werther" käme, als wäre er bloß für ihn geschrieben."

5. Alle drei Werke sind Anklagen gegen eine nach bestimmten bestehenden Denkmodellen und gesellschaftlichen Normen und Zwängen ausgerichtete Gesellschaft, wenden sich gegen Konvention und Konformismus, gegen Beschränkungen und Einengungen der individuellen Freiheit: Goethes Roman gegen die Engstirnig-

keit und Aufgeblasenheit der absolutistischen Adelsgesellschaft, Salingers Roman gegen die standardisierte konformistische Wohlstandsgesellschaft der USA, Plenzdorfs Roman gegen den Leistungszwang, die Bevormundungen, Behinderungen und Pressionen der sozialistischen Gesellschaftsordnung der DDR.
Deswegen quittiert auch Werther seinen Dienst bei der Gesandtschaft, verläßt Holden Caulfield die Schule in Pencey, nachdem er durchgefallen war, und streunt umher, gibt Edgar Wibeau seine Arbeitsstelle als Lehrling auf und verzieht sich in eine abbruchreife Gartenlaube in Ost-Berlin, weil er sich den Forderungen nach Selbstkritik, Anpassung und Eingliederung in die sozialistische Gemeinschaft nicht unterwerfen will. Alle drei Gestalten — Werther, Holden Caulfield und Edgar Wibeau — sind in einem gewissen Sinn Rebellen, die ihr Freiheitsbedürfnis in eine Protesthaltung gegen die Nivellierungsmaßnahmen der feudalistischen (Goethe), kapitalistischen (Salinger) und sozialistischen (Plenzdorf) Gesellschaftsordnung ummünzen.
Für die Argumente, sich aus den Abhängigkeitsmechanismen der Gesellschaft zu lösen, seien nur einige Beispiele genannt (sie lassen sich beliebig vermehren):

Goethe, „Werther“:

„Was mich am meisten neckt, sind die fatalen bürgerlichen Verhältnisse. Zwar weiß ich so gut als einer, wie nötig der Unterschied der Stände ist, wie viel Vorteile er mir selbst verschafft; nur soll er mir nicht eben gerade im Wege stehen, wo ich noch ein wenig Freude, einen Schimmer von Glück auf dieser Erde genießen könnte.“ (24. Dezember 1771)
„Was das für Menschen sind, deren ganze Seele auf dem Zeremoniell ruht, deren Dichten und Trachten jahrelang dahin geht, wie sie um einen Stuhl weiter hinauf bei Tische sich einschieben wollen!“ (8. Januar 1772)
„Ich stehe wie vor einem Raritätenkasten, sehe die Männchen und Gäulchen vor mir herumrücken und fasse manchmal meinen Nachbarn an der hölzernen Hand und schaudre zurück ...“ (20. Januar 1772)

Salinger, „Der Fänger im Roggen":

„Das war eine herrliche Versammlung. Lauter affektierte Esel, die wie besessen rauchten und redeten, damit jeder hören und bewundern könnte, wie geistreich sie redeten ... Überwältigend. Alles verlogen. Es konnte einem schlecht werden ... in dieser Affengesellschaft. Es war die affektierteste Unterhaltung, die man sich vorstellen kann. Ich war gerade bereit zu kotzen ... Ich sah deutlich vor mir, wie sie alle mit ihren verdammten karierten Westen in einer Bar hockten und mit ihren müden, blasierten Stimmen Theaterstücke und Bücher und Frauen kritisierten. Diese Burschen machen mich krank." (S. 94)

Penzdorf, „Die neuen Leiden des jungen W."

„Ich hatte einfach genug davon ..."
„Nun erst fing ich an zu begreifen, daß ich ab jetzt machen konnte, wozu ich Lust hatte. Daß mir keiner mehr reinreden konnte. Daß ich mir nicht mal mehr die Hände waschen brauchte vorm Essen, wenn ich nicht wollte." (S. 29)

6. Alle drei Werke kreieren die Lebens- und Ausdrucksweise jugendlicher, innerlich zerrissener, mit sich selbst und der Welt unzufriedener Menschen. Bis in Einzelheiten hinein ergeben sich Übereinstimmungen in der Darstellung bestimmter Verhaltensweisen und Redegewohnheiten.

So heißt es zum Beispiel bei Salinger: „Es war ziemlich dunkel. Ich trat auf irgendeinen Schuh, der am Boden lag, und wäre fast umgefallen ..." „In diesem Zimmer stinkt es", sagte ich. Ich kann sogar von hier deine Socken riechen. Gibst du sie nie zum Waschen?" „Wenn's dir nicht paßt, weißt du ja, was du tun kannst", sagte Ackley. (S. 37f.)

Und so bei Plenzdorf: „Ich verstreute also zunächst mal meine sämtlichen Plünnen und Rapeiken möglichst systemlos im Raum. Die Socken auf den Tisch. Das war der Clou." (S. 29)

Kleidung, Haartracht, vor allem aber die Redeweise charakterisieren die aufbegehrenden Jugendlichen Werther, Holden Caulfield

und Edgar Wibeau. Werthers Weltschmerz wurde ebenso Mode wie seine Kleidung: gelbe Weste, blauer Frack und Stulpenstiefel. Holden Caulfield dagegen bekennt: „Ich hatte nur einen Regenmantel und keine Handschuhe ... Ich zog meinen Mantel und die Krawatte aus und machte den Hemdenkragen auf, und dann setzte ich die Mütze auf, die ich morgens in New York gekauft hatte. Es war eine rote Jagdmütze mit langem Schild. Die Mütze kostete nur einen Dollar. Ich setzte sie verkehrt herum auf — mit dem Schild im Nacken —, idiotisch, das gebe ich zu, aber es gefiel mir am besten so ... An der Mütze waren Ohrenklappen, und mir war es ohnedies gleichgültig, wie ich aussah; ich klappte sie einfach herunter." (S. 17 u. 42)
Edgar Wibeau dagegen verändert und vernachlässigt seine Kleidung und Haartracht bewußt aus Protest gegen die Welt der Erwachsenen: die gepflegten Hosen tauscht er gegen schmutzige, ausgefranste Jeans ein, die Haare läßt er sich lang und wild wachsen. Er will kein „Vorbildknabe" mehr sein. Und wie bei Werther die stutzerhafte Kleidung des 18. Jahrhunderts, blauer Frack und gelbe Weste, bei Holden Caulfield die verkehrt herum aufgesetzte rote Jagdmütze mit langem Schild Ausdruck einer Protesthaltung sind, so sind es bei Edgar Wibeau die selbstgenähte Rupfenjacke und alte, abgetragene Jeans: „Natürlich Jeans! Oder kann sich einer ein Leben ohne Jeans vortellen? Jeans sind die edelsten Hosen der Welt. Wer echter Jeansträger ist, weiß, welche ich meine. Ich meine, Jeans sind eine Einstellung und keine Hosen." (S. 26)
Auch die Ausdrucksweie ist für die rebellischen Jugendlichen charakteristisch, allerdings unter Berücksichtigung des Zeitalters, in dem sie leben. Ist die Ausdrucksweise Werthers in Goethes Roman dem Zeitalter der Empfindsamkeit entsprechend noch übertrieben lyrisch-pathetisch, gefühlsüberladen und sentimental, so ist sie bei Salinger und noch mehr bei Plenzdorf schnoddrig, salopp, unbekümmert direkt und drastisch, ja vulgär. Beide — Holden Caulfield und Edgar Wibeau — bedienen sich gleicher oder ähnlicher burschikoser Redewendungen; sie reichen von „Das warf mich fast um" (Holden Caulfield) bis zu „Ich dachte, mich streift ein Bus, Leute, ich wurde nicht wieder" (Edgar Wibeau), von „Junge, war ich

ein Dummkopf" (Holden Caulfield) bis „Mann, Leute, war ich ein Idiot" (Edgar Wibeau). Die Beispiele lassen sich beliebig vermehren.

Allerdings steht der Gymnasiast Holden Caulfield — was seine Urteils- und Konversationsfähigkeit anbelangt — doch noch auf einer etwas höheren geistigen Stufe als der proletarische DDR-Lehrling Edgar Wibeau.

7. Alle drei Romane sind Ich-Romane und als solche „Monolog"-Romane: Goethes „Werther" als Briefroman, Salingers „Der Fänger im Roggen" als die in einem Sanatorium rückwärtsblickend geschriebene Lebensbeichte des siebzehnjährigen Holden Caulfield, Ulrich Plenzdorfs Roman „Die neuen Leiden des jungen W." als ein auf mehreren Sprachebenen angesiedelter personaler Bericht. Dadurch wird in allen drei Fällen die Unmittelbarkeit und Lebendigkeit erreicht, welche die Lektüre dieser Werke (auch die von Goethes „Werther"!) so faszinierend macht.

8. Eine direkte Bezugnahme auf Goethes „Werther" und Salingers „Der Fänger im Roggen" in Ulrich Plenzdorfs „Die neuen Leiden des jungen W." zeigt die enge Verbundenheit der drei — zeitlich so sehr auseinanderliegenden — Werke. In Plenzdorfs Roman äußert sich Edgar Wibeau über die beiden anderen Wertheriaden wie folgt: „Der Kerl in dem Buch, dieser *Werther,* wie er hieß, macht am Schluß Selbstmord. Gibt einfach den Löffel ab. Schießt sich ein Loch in seine olle Birne, weil er die Frau nicht kriegen kann, die er haben will, und tut sich ungeheuer leid dabei ... Das war nichts Reelles. Reiner Mist. Außerdem dieser Stil. Das wimmelte nur so von Herz und Seele und Glück und Tränen. Ich kann mir nicht vorstellen, daß welche so geredet haben sollen, auch nicht vor drei Jahrhunderten. Der ganze Apparat bestand aus lauter Briefen, von diesem unmöglichen Werther an seinen Kumpel zu Hause. Das sollte wahrscheinlich ungeheuer originell wirken oder unausgedacht. Der das geschrieben hat, soll sich mal meinen *Salinger* durchlesen. Das ist echt, Leute! Ich kann euch nur raten, ihn zu lesen, wenn ihr ihn irgendwo aufreißen könnte. Reißt euch das Ding unter den Nagel, wenn ihr es bei irgendwem stehen seht, und gebt es nicht wieder her! Leiht es euch aus und gebt es nicht wieder zu-

rück. Laßt euch nicht etwa von dem Titel täuschen ... Dieser Salinger ist schon ein edler Kerl. Wie er da in diesem nassen New York rumkraucht und nicht nach Hause kann, weil er von dieser Schule abgehauen ist, wo sie ihn sowieso sexen wollten, das ging mir immer ungeheuer an die Nieren. Wenn ich seine Adresse gewußt hätte, hätte ich ihm geschrieben, er soll zu uns rüberkommen." (S. 33ff.)

Auch im zwanzigsten Jahrhundert hat sich also die Werther-Wirkung nicht erschöpft, wie die Wertheriaden Salingers und Plenzdorfs zeigen. Das hat seinen Grund darin, daß der Kern der Wertheriaden immer wieder die zeitlose Konfliktsituation des heranwachsenden Individuums in der Gesellschaft ist, daß sie immer wieder die Auseinandersetzung junger Menschen zwischen ihrem persönlichen Anspruch auf Freiheit und Glück und den realen gesellschaftlichen und beruflichen Gegebenheiten darstellen. Wie beim Erscheinen des „Werther" vor zweihundert Jahren der feudalen Adelsgesellschaft und Staatsvertretung ist auch heute der sozialistischen Staatsspitze und Literaturkritik der DDR die Darstellung freiheitsdurstiger, nach Verwirklichung ihrer Individualität strebender, gegen Normierung und Konformismus aufbegehrender Jugendlicher unangenehm und unerwünscht. Nichtsdestoweniger ist die Begeisterung der jungen Generation für derartige Wertheriaden, die ihren Empfindungen und Ideen Ausdruck verleihen und ihr Abbild darstellen, nach wie vor ungebrochen stark. Und es bedeutet viel, wenn Plenzdorfs Edgar Wibeau, ein Lehrling des 20. Jahrhunderts, sagt:

„Dieser Werther hatte sich wirklich nützliche Dinge aus den Fingern gesaugt" (S. 76). „Langsam gewöhnte ich mich an diesen Werther" (S. 78). „Ich hatte nie im Leben gedacht, daß ich diesen Werther mal so begreifen würde" (S. 124).

In diesen Äußerungen liegt ein Zugeständnis an die Aktualität der Thematik, eine Aktualität, die vom Zeitalter Goethes über Salinger und Plenzdorf bis in die Gegenwart hineinreicht und auch weiterbestehen wird, weil sie durch die natürliche Entwicklung des Menschen gegebene, nie veraltende, sondern immer wieder neu entstehende Probleme der Jugend beinhaltet.

SALINGERS „DER FÄNGER IM ROOGEN“ IM URTEIL DER LITERATURKRITIK

(Gertrud Baruch, Hauptwerke der amerikanischen Literatur, München 1975, S. 337) THE CATCHER IN THE RYE (Der Fänger im Roggen). Roman von Jerome D. SALINGER (geb. 1919), erschienen 1951. — Salingers Buch, das William FAULKNER nach seinem Erscheinen „das beste der gegenwärtigen Generation“ nannte, gilt allgemein als der wichtigste und stilistisch einflußreichste Beitrag eines jüngeren amerikanischen Erzählers zum Problem der Adoleszenz. In Amerika ist es zu einer Art „Bibel“ der jungen Schriftsteller geworden, und eine ganze Generation sah sich im Helden dieses Romans erkannt. Dieser, der sechzehnjährige Holden Caulfield, setzt sich im typischen Jargon seines Alters in einer teils amüsanten, teils schockierenden Mischung aus Spontaneität und passivem Registrieren mit der Welt der Erwachsenen auseinander. Er ist sich bewußt, daß er auf der Schwelle zu dieser Welt steht, aber alles in ihm wehrt sich dagegen. Mitglied einer Gesellschaft zu werden, die ihm in leergelaufenen Traditionen und hohlem Konformismus erstarrt, ja entmenschlicht zu sein scheint. Seine seelische Krise erreicht ihren Höhepunkt, als er sich — zum vierten Mal von einer Internatsschule verwiesen — ein paar Tage lang in New York herumtreibt. Verschanzt hinter einem Ekel vor seiner Umwelt, den er sich selbst immer wieder mit den maßlos übertreibenden, ordinären Ausdrücken seines Halbwüchsigen-Idioms einredet, gerät er inmitten der hektischen Vergnügungen der Riesenstadt in eine verzweifelte Einsamkeit. Seine Odysee wird zur panischen Suche nach einem Menschen, mit dem er reden kann. Er sucht die Stimme des anderen in Telefonzellen, Taxis und Bars, im Hotelzimmer, Kino und Museum — nur um immer angewiderter von einer Welt des „So-tun-als-ob“ gegen neue Wände zu stoßen. Je krampfhafter er versucht, jede Gefühlsregung unter einem Wust unflätiger Vokabeln zu verbergen, desto stärker wird sein Bedürfnis sich mitzuteilen. Aus seinen Worten „Ein Pferd ist doch wenigstens menschlich“ sprechen die ganze Verwirrung, Sehnsucht und Einsamkeit des Heranwachsenden in einer Gesellschaft, die als Heilmittel für solche Krisenzustände den Psychoanalytiker vorzuschlagen hat.

Kurz bevor Holden zerschlagen und krank zu seiner Familie zurückkehrt (die ihn dann in ein Sanatorium schickt, wo er sich die Geschichte seiner bisherigen Irrfahrten von der Seele redet), führt er ein heimliches nächtliches Gespräch mit seiner kleinen Schwester, in dessen Verlauf er das Gedicht The Catcher in the Rye von Robert BURNS erwähnt. Was Holden, dem die Kindheit zerstört und das Erwachsensein schreckensvoll erscheint, darüber sagt, ist eine Interpretation seiner eigenen Seelenbedrängnis: „Jedenfalls stelle ich mir immer kleine Kinder vor, die in einem Roggenfeld ein Spiel machen. Tausende von kleinen Kindern, und keiner wäre in der Nähe — kein Erwachsener meine ich — außer mir. Und ich würde am Rand einer verrückten Klippe stehen. Ich müßte alle festhalten, die über die Klippe hinauslaufen würden — ich meine, wenn sie nicht achtgeben, wohin sie rennen, müßte ich vorspringen und sie fangen ... Ich wäre einfach der Fänger im Roggen. Ich weiß schon, daß das verrückt ist, aber das ist das einzige, was ich wirklich gern wäre."

Der Fänger im Roggen steht als moderner Entwicklungsroman in jener literarischen Tradition Amerikas, die ihren ersten großen Höhepunkt mit Mark TWAINS The Adventures of Huckleberry Finn (Die Abenteuer des Huckleberry Finn) erlebte. Kritiker haben Holden Caulfield „einen modernen Huck" genannt, der „lieber zum Teufel ginge als ein zivilisierter Mensch zu werden". Ebenso wie Huck ist Holden jedoch kein Rebell im eigentlichen Sinn; ihm ist vom Autor die Rolle aufgetragen, in einem Zwischenstadium des Lebens fast seismographisch genau die von einer fragwürdig gewordenen Umwelt ausgehenden Impulse zu registrieren und ihre Wirkung auf ihn in seine Sprache zu übertragen und seinem „Weltbild" entsprechend wiederzugeben.

(Marcus Cunliffe, Amerikanische Literaturgeschichte, München 1961, S. 375). Salinger spricht für die jungen großstädtischen Amerikaner aus den Famillen der Mittelschicht. In seiner Welt hungert niemand, niemand schert sich um die sogenannten öffentlichen Angelegenheiten. Der Code seiner Figuren, genauso scharf umrissen wie der von Hemingway, hat mit Heroismus nichts zu schaffen. Wie bei Hemingway, so wird auch bei Salinger Aufrichtigkeit vor allen anderen Eigenschaften bewundert, jegliche Art von Heuchelei dagegen verdammt. Salingers Ideal sind Kinder; junge Leute scheinen noch annehmbar, aber unter den Erwachsenen gelingt es nur wenigen, sich von der allgemeinen Korruption freizuhalten. Ihre Integrität schwindet, während sie selbst scheinbar „wachsen". In The Catcher in the Rye zeigt Salinger Amerika durch die Augen eines hoffnungslos verwirrten, aber liebenwürdigen Jungen, Holden Caulfields, der sich nur einer Sache sicher ist, daß er nämlich jeder Falschheit auf die Spur kommt. Er fühlt sich abgestoßen von den zahllosen kleinen Betrügereien des Alltags und von den tönenden Schlagworten, die einen falschen Trost und Halt versprechen.

(Franz Lennartz, Ausländische Dichter und Schriftsteller, Stuttgart 1971, S. 694). Salinger nimmt teil am Gefühlsleben des jungen Menschen, an seinen Träumen und Enttäuschungen, seinem Protest und seiner Einsamkeit. William Faulkner hielt den in Millionenauflagen verbreiteten Roman Der Fänger im Roggen (The Catcher in the Rye 51; d. 62 überarb. v. H. Böll nach der Ausg. d. 54), in dessen Ich-Erzähler Holden Caulfield sich ein großer Teil der amerikanischen Jugend porträtiert fand, „für das beste Buch der gegenwärtigen Generation". Ein sensibler 16jähriger Pennäler, nur „ein gottverdammter Minderjähriger", der aus dem College geflogen ist, berichtet, wie er sich ratlos und einsam einige Tage und Nächte in New York herumtreibt. Hinter seinem Zynismus verbirgt sich die Enttäuschung über den Materialismus der Erwachsenen und deren Gleichgültigkeit gegenüber dem Mitmenschen. Ihrer Verlogenheit vermag er lediglich das Bewußtsein entgegenzusetzen, wenigstens den Kindern, ausgeprägt in der Bindung an seine kleine Schwester, ein Beschützer und somit dennoch ein Teil der menschlichen Gesellschaft sein zu können. Sein Charakterbild ist beispielhaft für fast alle Kinder und Halbwüchsigen.

(Martin Schulze, Wege der amerikansichen Literatur, Frankfurt a. M. 1968, S. 399). Vergleichsweise einschichtige Kritik an Zeiterscheinungen übt der in New York geborene Schriftsteller JEROME DAVID SALINGER (geb. 1919) mit dem Wissen um eine tiefgreifen-

de psychologische Entfremdung der jungen Generation Amerikas, die die Geisteshaltung ihrer Väter kaum mehr verstehen kann.
In dem gradlinig erzählten Roman The Catcher in the Rye (1951) schuf der durch die Erfahrung des Zweiten Weltkrieges gegangene Salinger in der Gestalt des sechzehnjährigen Holden Caulfield eine Gestalt, dem die Welt trotz sozialer und finanzieller Sicherheiten nichts bietet, wofür es sich zu sterben oder zu leben lohnte. Für Holden ist die Welt, in der niemand an die nach außen hin zur Schau getragene Moral glaubt oder sie gar praktiziert, nur Lug, eine einzige Schelmerei. Wenn schließlich die Eltern glauben, die Probleme ihres Sohnes mit Hilfe eines Psychoanalytikers lösen zu können, so spricht aus diesem Versuch das Unvermögen der Alten, die der Jugend aufgebürdeten Hypotheken auch nur zu begreifen. Salinger macht deutlich, daß die Ursachen der Entfremdung nicht so sehr im Familienleben zu suchen sind als vielmehr in der sich rasch wandelnden Gesellschaft. Nicht Freud, sondern die Lehren des Existentialismus bieten sich als Arznei an. Was Salinger in seinem Roman und den Short Stories (Nine Stories, 1953; Franny and Zooey, 1961; Raise High the Roof Beam, Carpenters, Seymour: An Introduction, 1963) bietet, ist die Geschichte eines in sich zusammenfallenden Generationskonfliktes, in dem es so wenig Beziehungen zwischen jung und alt gibt, daß man auch nicht eine Spur von Haß oder gar einen Ödipuskomplex zu finden vermag. Holden Caulfield fühlt sich absolut isoliert und allein, eine Kommunikation ist nur möglich zu Jüngeren oder Gleichaltrigen, die keine Hilfe bringen können. Dies gilt auch für das Alter ego Salingers in den Short Stories, Buddy Glass, der am Schicksal seines Bruders Seymour und seiner Geschwister erkennt, daß sie verdammt sind, in einer widerwärtigen Welt aufzuwachsen und daß einem sensiblen Menschen nichts weiter bleibt, als sich vor ihr abzuschirmen. Ihr verderbenbringender Einfluß wirkt bereits auf die Kleinkinder („For Esmé—With Love and Squalor", „A Perfect Day for Bananafisch", „Down at the Dinghy" u. a.). Sowohl in The Catcher in the Rye als auch in dem weitgehend autobiographisch gefärbten Porträt der Glass-Familie in den Erzählungen kommt die Überzeugung Salingers zum Ausdruck, daß der von den Wissenschaften ermöglichte

materielle Fortschritt die Krise der Persönlichkeit auslöste und daß es unter diesen Bedingungen darauf ankommt, Antworten auf die verwirrenden Fragen der Zeit im geistigen und religiösen Bereich zu suchen.

(Günter Bien, Das Bild des Jugendlichen in modernen Dichtungen in: Der Deutschunterricht, Jahrgang 21, Heft 2, Stuttgart 1969)

Es gehört zum Stil von Salingers Roman, daß sein Held nicht offen von dem spricht, was ihn bewegt, daß er seine Gefühle hinter der Sprache verbirgt. Doch wird — fast auf jeder Seite deutlich, wie groß Holdens „innerlicher Hunger" nach Menschlichkeit, nach Würde und dem Echten ist, und er ist in dem Maße größer und unstillbarer, als ihn nicht nur die Schule, sondern die ganze Welt enttäuscht. Holden ist ein Romantiker und Idealist, ein Nachkommme der Romanfiguren Thomas Wolfes; seine Gefährdung liegt darin, maßlos und endgültig enttäuscht zu werden. Sein vielleicht bezeichnendster Charakterzug ist ein überaus empfindliches Gespür für alles, was unecht ist, und ein Sinn für verletzte Würde. So haßt er Filme und Schauspieler, weil sie unnatürlich sind, und noch stärker trifft ihn die (positive) Reaktion der Zuschauer auf dieses Unnatürliche:

Was mich vollends erledigte, war eine Dame neben mir, die vom Anfang bis zum Schluß Tränen vergoß. Je unechter es zuging, umso mehr heulte sie. Man hätte meinen können, daß sie furchtbar gutherzig sei, aber das war sie durchaus nicht. Neben ihr saß ein kleiner Junge, der sich tödlich langweilte und auf die Toilette mußte, aber sie wollte nicht mit ihm hinausgehen. Sie sagte immer nur, er solle sich still halten und sich anständig benehmen. Sie war ungefähr so gutherzig wie ein Wolf. Von den Leuten, die sich über verlogenes Kinozeug ihre verdammten Augen aus dem Kopf heulen, sind neunzig Prozent im Grunde herzlos Klötze. Ganz im Ernst. (S. 103)

Wenn man noch das Gespräch Holdens mit Sally dazunimmt (Kapital 17, bes. S. 97 ff.), wird hinreichend deutlich, welcher Mensch Holden ist, wie er zu den Erwachsenen steht und denen, die sie — wie Sally — nachahmen: Er verbirgt seine Empfindlichkeit hinter vielen „verdammt" und „verrückt", wirkt kindlich, ja infantil, weil er unbewußt das Kind bleiben will, das nichts mit der Welt der Erwachsenen zu tun hat. In Wahrheit hat er die Kindheit längst hinter sich gelassen und hat besonders den Dingen gegenüber, die er verabscheut, einen scharfen Blick, so für das Unechte, Gekünstelte, aber auch das zu Perfekte, hinter dem er das Unmenschliche ahnt, das ihm anhaftet. Er haßt Wörter wie „großartig", weil selten etwas, das damit bezeichnet wird, großartig ist, erträumt sich eine Welt und Existenz außerhalb der Gesellschaft. „Es wäre mein Gesetz, daß niemand, der mich besuchte, etwas *Verlogenes* tun dürfte. Falls jemand etwas *Verlogenes* tun wollte, könnte er nicht bei mir bleiben." (S. 105)

Erwachsensein, fühlt er, ist Erstarrung, Anpassung an gesetzte Normen, ist zweckgebundenes Dasein, dessen Ziele nicht viel mehr als Bankkonto, Job, Familie, Auto sind. Das ist Existenz im Bereich des Statusdenkens, ist Verarmung und Verengung der Möglichkeiten des Menschen. Und von hier aus gewinnt das Aufbegehren einen neuen Sinn — es ist nicht Aufstand gegen die Erwachsenen und das Erwachsensein schlechthin, sondern gegen deren Ziele: lieber gar keine als diese. Holdens Ziele sind zwar unbestimmter, zweckloser als die der Erwachsenen, aber doch zu fassen, z. B. in dem immer wieder anklingenden Motiv der Enten vom Central-Park: Was geschieht mit ihnen, wenn im Winter der Teich zugefroren ist? Das ist kein Schnörkel, hat auch nie etwas Lächerliches an sich. Holden fragt Erwachsene danach, aber keiner kann ihm Antwort geben; der Blick auf die Zwecke hat sie blind werden lassen gegenüber der Umwelt. Im Gegensatz dazu sind Holdens immer wiederkehrende Gedanken an die Enten vom Central-Park Zeugnis eines zweckfreien und daher menschlichen Denkens und Empfindens, wie es dem Kind selbstverständlich ist, das der Jugendliche aber verliert, wenn er sich, wie Sally, den Normen der Erwachsenen anpaßt.

Holden will sich das verlorene Paradies der Kindheit bewahren, und das ist der Grund dafür, daß einzig und allein seine kleine Schwester Phoebe ihn „halten" kann, weil er ahnt, daß in ihr das Paradies der Kindheit noch erhalten geblieben ist, der Zustand der reinen Unschuld, den die Erwachsenen längst verspielt haben.

ZUR PSYCHOLOGIE DES JUGENDALTERS

DER JUGENDLICHE UND DIE GESELLSCHAFT

(Eduard Spranger, Psychologie des Jugendalters, Heidelberg 1963, S. 132 f. und 159 f.).

Angenommen, es sei die moderne großstädische Gesellschaft, in die der Jugendliche mit seinem theoretischen Verstehen und mit seinem aktiv-passiven Teilhaben hineinwachsen soll. In diesem wogenden Gewirr drängt sich das vielgegliederte Leben unserer Kultur am konzentriertesten zusammen. Es ist aber der inneren Struktur, die der Jugendliche bei seinen ersten Schritten aus der Familie oder der kindlichen Lebenssphäre heraus mitbringt, an jedem Punkte genau entgegengesetzt. Gehen wir die Reihe jener Einteilungen rückwärts: Diese Gesellschaft wird als ein fertiges Gebilde auf einer bereits sehr komplizierten Stufe ihrer Entwicklung vorgefunden. Der Jugendliche hat sie nicht gewollt, er wird von diesem überindividuellen Lebensganzen zunächst verschlungen, und es dauert noch sehr lange, bis er daran als individuelles Glied produktiv mitwirken und es tragen helfen kann. Sodann: diese Gesellschaft bindet nur noch an ganz wenigen Stellen wirklich Person an Person; im allgemeinen beansprucht sie den Menschen nur von einer bestimmten, begrenzten Seite aus. Die Sehnsucht des Jugendlichen aber geht stärker auf die totale Wesensgemeinschaft als auf flüchtige Berührung zu diesem oder jenem Zweck. Drittens: die erwachsene Gesellschaft ist durch und durch geregelt, vom staatlich gesetzten Recht an über spezielle Satzungen bis zu den Verkehrssitten und Umgangsformen. Der Jugendliche aber widerstrebt solchen von außen kommenden Regelungen; er will Ungebundenheit und Bewegungsfreiheit, obwohl er bald die Entdeckung machen muß, daß er ohne jede Regelgebung gar nichts mit sich anzufangen wüßte. Viertens: Die Gesellschaft treibt das Prinzip der Arbeitsteilung und Spezialisierung auf die Spitze. Nirgends gestattet sie, das ganze Leben zu leben, wie der Jugendliche mit seiner geringen

Fähigkeit, sich innerlich zu teilen, es ersehnt, sondern überall begegnen ihm mechanisierte Fragmente des Lebens, getragen von einer Fülle äußerlicher Zweckverbände, die alle ganz unpersönlich aufgebaut sind. Und endlich überhaupt: Es gibt in dieser reifen Gesellschaft nur noch geringe Reste organischer, naturgeborener Formen. Das meiste wird durch künstlichen Zusammenschluß erreicht, der bis ins letzte überlegt und rationalisiert ist.

Die Spannung also zwischen der Struktur der Verbände, die die Kultur tragen, und der noch sehr einfachen, undifferenzierten Struktur der jugendlichen Seele kann nicht groß genug gedacht werden. Irgendwie aber muß der junge Mensch damit fertig werden, wenn er überhaupt kulturfähig werden soll.

Der Jugendliche macht die Beobachtung, daß ein großer Unterschied ist zwischen dem, was die Gesellschaft fordert, und dem, was sie durchschnittlich ist und tut. Das Auseinanderfallen von moralischen Normen und von moralischer Substanz wäre vielleicht keine so erschütternde Entdeckung. Aber daß man von anderen moralisch fordert, was man für sich selbst nicht befolgt, ja kaum als Norm gelten läßt, weist auf einen schweren Bruch und auf eine tiefe Unehrlichkeit hin. Zum erstenmal enthüllt sich dieses Doppelwesen von Scheinenwollen und Sein, von Pharisäertum und abgründiger Verlogenheit. Und man muß diese fürchterliche Entdeckung nicht nur bei irgendwem machen, sondern sie unterwühlt auch die Grundlagen, auf denen man das Bild der Nächsten, der Eltern, der Erzieher, errichtet hat. Der Blick in diese Realistik ist ein neues Moment, das den Jugendlichen in sich selber hineintreibt; wem soll man noch trauen? Die Wirkung kann je nach der ethischen Substanz, auf die diese „Enthüllungen" treffen, verschieden sein: Man hört auf, die ganze Sache auch für sich sehr ernst zu nehmen, und man beginnt, die Moral (ähnlich wie früher den schwarzen Mann) als einen Kinderschreck abzutun; oder man gräbt sich nur noch fester in die Idealwelt ein und hält sie vor dem Gifthauch der Wirklichkeit geschützt im Innersten wie Heiligtümer, von denen man nicht spricht, die aber eine magische Kraft verleihen. Die Erfahrung der ersten Art erweitert sich bei manchen zu einem immer schärferen Organ für die Ungerechtigkeit der Welt, für

die Morschheit der Bühne, auf der die Erwachsenen ihre Rolle spielen, und schließlich für die Immoralität aller Moral. Besonders in die Entwicklung junger Juden fällt oft eine solche Entdeckung zerstörend hinein und erfüllt sie früh mit ethischer Skepsis. Im andern Fall aber muß eine Loslösung vom Moralisch-Autoritativen die Folge sein, und es beginnt damit die Entwicklung der zweiten Erscheinungen, von der wir reden wollen. —
Die Wendung von der Fremdbeurteilung zur Selbstbeurteilung, und folglich von der Fremderziehung zur Selbsterziehung, muß mit dem erwachenden Jugendalter einsetzen. Man assimiliert jetzt nicht mehr einfach die dargebotene Moral; man beginnt zu kritisieren und zu reflektieren. Es ist dies der für die Entwicklung günstigere Fall: die produktive Skepsis, die das äußerlich Gefährdete von innen her wieder aufbaut.

DER JUGENDLICHE PROBLEMATIKER

(Eduard Spranger, a.a.O. S. 303)
Bei dem jugendlichen Problematiker kommt es überhaupt zu keinem unbefangenen Erleben; denn er sieht allem in sich mit gespannter Aufmerksamkeit zu. Durch diese Umsetzung des Erlebten in Gedachtes, der Gefühlsbewegung in ein Problem, wird das Innere gleichsam stillgelegt. Es handelt sich nicht nur um den gesunden Weg der Stoiker, die den Sturm der Leidenschaften durch Reflexe über den Sinn der Affekte in sich zur Ruhe bringen, sondern oft um eine unkräftige Haltung zum Leben, bei der alle Substanz des Daseins vom Denken zermürbt und zerfasert wird. Das Leben wird nicht mehr gelebt — es wird Problem. Notwendig fehlt es diesem Grübeln noch an Stoff. Man glaubt, durch Nachdenken über die große Rätselfrage: „Was ist der Sinn des Lebens?“ erst ein Ziel zu gewinnen. Man ahnt nicht, daß man sich dadurch allmählich in Ziellosigkeit und Glaubenslosigkeit hineingrübelt — denn man muß. Diese Art von unfruchtbarem Denkzwang gehört auch zu den typischen Erscheinungen der Pubertät. Aber sie kann in krankhaftes Zwangsdenken hinüberspielen. Das Sexualproblem, das Problem des Todes, das Problem des ganzen eigenen Seins — sie sol-

len hier auf der Ebene der bloßen Reflexion, nicht durch plastische Tat und Entscheidung, gelöst werden. Andere versuchen, mit einem besonderen Schicksal fertig zu werden, indem sie unablässig darüber nachdenken. Neuerdings ist sogar das Wesen der Jugendlichkeit selbst von Jugendlichen zum Problem gemacht worden. Sie ersticken an ihrer Problematik. Nichts vermögen sie mit frischer Hand anzupacken. Zuletzt zergrübeln sie auch das Instrument des Grübelns selbst: das Denken. Dann versinken sie in Skeptizismus, und der Skeptizismus erweitert sich wieder zu einem Nihilismus der Werte. Aus diesem Zustand herauszukommen, ist erheblich schwerer, als die Flucht aus den Ästhetizismus. Denn beim Problematiker ist die Substanz des Lebens, das Mark, schon angenagt, während der ästhetische Schwärmer sich nur vor seinem überquellenden Reichtum und vor den Lockungen seiner unbegrenzten Phantasiemöglichkeiten retten muß. In beiden Fällen aber erlöst nur die Tat.

FEHLENDES SELBSTVERTRAUEN

(Guy Avanzini, Reifejahre, Stuttgart 1970, S. 64 ff.)
Emotionale Störungen sind unter Jugendlichen besonders häufig: Psychische Störungen, Schwierigkeiten des Charakters, depressive Symptome, Nervosität. Schuld sind ungeordnete Familienverhältnisse, zu autoritäre Schulen, Mißerfolge in der Schule, Fehlen von vertrauten Zwiegesprächen, die es erlauben würden, Abstand zu den bedrängenden Problemen zu gewinnen, das Wettbewerbsklima, Streß, der Eindruck, daß die Gesellschaft zu komplex, daß sie gleichgültig oder feindselig sei, der Eindruck, daß man ungerecht behandelt wird, ohne sich wehren zu können, daß man abgeschoben wird, ohne beraten worden zu sein, daß man niemals weiß, an wen man sich wenden kann, daß einem Zuneigung, Geborgenheit und Wertschätzung fehlen und daß man schließlich sein Leben verfehlt. (Siehe auch hierzu das in dem Kapitel „Holden Caulfields Wertvorstellungen und Selbstfindung“ angeführte Sonett Augusts von Platen.)

Was manchen jungen Menschen besonders bedrängt, ist Hyper-Sensibilität, und darüber vermag er sich auch Rechenschaft zu geben: Er hat schon genügend Erfahrung mit sich selbst, um vorauszusehen, wie stark er auf diese oder jene Situation emotional reagieren wird, weswegen er sich im voraus davor fürchtet. Er macht es sich selbst zum Vorwurf, seine Gefühle und Reaktionen nicht beherrschen zu können ...

Der Jugendliche weiß um diese psychischen Störungen, und er rechtfertigt sie in seinen eigenen Augen auf verschiedenste Weise. Manchmal empfindet er sie auf geistigem Gebiet: Er hält sich für weniger begabt als seine Kameraden, weniger befähigt, sein Studium zum guten Ende zu führen oder in der Prüfung, die er vorbereitet, gut abzuschneiden; er wirft sich Geistesträgheit vor, eine geringere Denkfähigkeit, einen zu armen Wortschatz, um seine Gedanken zu formulieren und zu präzisieren, mangelndes Geschick, auf die Gedanken anderer in Dialog und Konversation zu reagieren. Er schreibt sich entweder eine völlige geistige Unzulänglichkeit zu oder eine Schwäche in einer bestimmten Disziplin, die er als ein Kriterium der Intelligenz ansieht, und gerade in dieser hat er dann wenig oder keinen Erfolg. So bewertet der eine die Mathematik, in der er scheitert, zu hoch, der andere ein sprachliches Fach, in dem er unbeholfen bleibt; bestenfalls wird er, ohne sich das selbst ganz zu glauben, die Disziplin, die ihn entmutigt, verachten, um sich nicht selbst verachten zu müssen.

In anderen Fällen sucht er seine Minderwertigkeit im Physischen; er leidet unter seinem Gesicht, das er häßlich findet, er grollt sich, weil er mager ist, vor allem wenn man es ihm zu Hause mit törichter Hartnäckigkeit vorhält, oder weil er zu dick ist, was unverständige Eltern wiederum als beneidenswertes Zeichen von Gesundheit und Wohlstand behandeln, ohne zu begreifen, daß andere darüber spotten. Einer hält sich für zu groß, um unbemerkt zu bleiben, ein anderer für zu klein, um sich durchsetzen zu können.

Oder er fühlt sich gedemütigt, weil seine Muskeln schwach sind und er im Sport untüchtig ist. Es ist ihm unmöglich, den Leistungen anderer das Wasser zu reichen: Seine gleichbleibend mageren Ergebnisse machen ihn zum Gespött. Und nur selten vermögen bes-

sere Ergebnisse in anderen schulischen Disziplinen ihn über das sportliche Versagen hinwegzutrösten.
Bald wieder fühlt sich der Jugendliche vom sozialen und ökonomischen Gesichtspunkt her minderwertig, sei es, daß sein Milieu unter dem durchschnittlichen Milieu seiner Kameraden liegt, sei es — und das kann, aber muß nicht, mit dem vorgenannten Faktor zusammenfallen —, daß ihm die Familie wegen geringer Einkünfte oder Geiz nur wenig Geld zur Verfügung stellt, weniger jedenfalls als die anderen bekommen. Also kann er sich nicht die gleichen Freizeitfreuden verschaffen, noch außerhalb der Schule mit denen zusammmenkommen, mit denen er gern ausginge. Ist die Lebensart in seinem Elternhaus sehr ungeschliffen und ungehobelt, wird sich der junge Mensch bewußt, daß seine Erziehung zu beschränkt gewesen ist, so kann er sich vor anderen genieren und zugleich sich seiner Eltern schämen. Schließlich glaubt mancher, im Bereich des Gefühls zu kurz gekommen zu sein, sei es, weil er aus einem der vorgenannten Gründe dem anderen Geschlecht gegenüber besonders zurückhaltend und überzeugt ist, daß dieses ihn verachte, sei es, daß er durch die Erfahrung eines weiter zurückliegenden Mißerfolges oder einer Enttäuschung besonders empfindlich ist und sich nun für unfähig hält, zu gefallen oder Gefühle zu erregen, deren Gegenstand auch er wäre oder werden könnte.
Wie man sieht, sind also die Ursachen des Minderwertigkeitsgefühls zahlreich. Es gibt Fälle, in denen man erkennt, wie es entsteht und sich entwickelt; wenn es nämlich tatsächlichen Fehlschlägen entspricht, schulischen Schwierigkeiten oder bedrohlichen Entwicklungen usw.
Aber oft genug wird dieses Gefühl durch keine Wirklichkeit gerechtfertigt. Mancher Schüler, der erfolgreich lernt, fühlt sich dennoch geistig unterlegen, wenn er sich mit anderen vergleicht, die bessere Ergebnisse haben; er unterläßt es, sich mit denen zu vergleichen, denen er voran ist. Wir müssen also annehmen, daß in einem solchen Fall nicht die Unterlegenheit das entsprechende Gefühl nach sich zieht, vielmehr umgekehrt das Minderwertigkeitsgefühl die demütigende Situation hervorruft, sei es, daß der junge Mensch eine Einzelheit überschätzt, sei es, daß er um irgendein

Thema seine Selbstentwertung kristallisiert, die sich früher aus ganz anderen Gründen in ihm gebildet hat, sei es, daß er, weil er im voraus vom Scheitern überzeugt ist, unbewußt und gleichsam gegen seinen Willen die gefürchtete Niederlage organisiert und dann, wenn sie eintritt, die Bestätigung seiner Überzeugung sieht. Der junge Mensch kann sich dann völlig in seinem Irrtum festrennen und fest daran glauben, daß er der einzige — oder fast der einzige — sei, der die Schwierigkeiten durchmacht, in denen er steckt. Und er sieht nicht, daß sein Nachbar die gleichen oder ähnlichen Schwierigkeiten durchmacht. Das ist dann das Zeichen, daß die Vorstellung von seinem eigenen Ich schon lange entwertet ist; vielleicht weil ständiger Mangel an Zuneigung ihm das Gefühl eingegeben hat, daß er keine Liebe verdiene; oder eine perfektionistische Haltung hat den jungen Menschen dauernd in seinen eigenen Augen herabgesetzt und mehr seine Schwächen als eine Erfolge herausgestrichen, mehr seine Niederlagen als seine Qualitäten.
Das alles überzeugt ihn, daß er nichts recht macht, was er auch anstellen mag; oder Unsicherheit erzeugt Unruhe und Angst und zerstört jede Freude am heutigen Erfolg, indem sie an seine Stelle einen früheren Mißerfolg setzt. Es braucht viel Zeit und Geduld, um junge Menschen, die sich so negativ beurteilen und verhalten, dazu zu bringen, sich selbst ernsthaft wieder in Wert zu setzen und eine objektivere und positivere Vorstellung von sich anzuerkennen.
Mangelndes Selbstvertrauen und Minderwertigkeitsgefühl stehen in engem Zusammenhang mit dem Bedürfnis nach Rat und Hilfe, mit dem Wunsch nach Verständnis und Sicherheit, die von anderen ausgeht.

DER WEG ZUR SELBSTBEHAUPTUNG

(Hildegund Fischle-Carl, Der Aufstand der Jugend, Stuttgart 1970, S. 24 ff.)
Da man zunächst noch wenig Ich besitzt, kann man im Grund auch noch nichts selbst darstellen und vertreten. Man ist noch niemand, will aber auch nicht mehr wie seither mit Eltern und Erziehern kon-

form gehen und gelenkt werden. Man übt sich zunächst darin, sich abzuheben, nein zu sagen und das Gegenteil zu wollen von dem, was bisher gegeben war, von dem, was die Umgebung vertritt. Man übt zunächst einmal die Verneinung. Es ist natürlich und logisch, daß diese jugendlichen Opponenten weder etwas Neues, noch etwas Eigenes darstellen. Ihr Nein, ihr Protest ist immer von dem abhängig, was durch die Andern vorgegeben wird. Es geht zunächst also nur um das Gegenteil und um die Übung, sich abheben zu lernen. Dabei übt der Heranwachsende Willenskräfte und Selbstbehauptung, übt seinen Mut, da und dort nicht mehr zum Konformismus bereit zu sein, sich von einem vorgegebenen Leitbild abzusetzen. Es ist eine spezifisch menschliche Eigenschaft, sich mit dem Vorgegebenen auseinanderzusetzen, in eine Reaktion überzugehen.

Dabei ist zu beobachten, daß derselbe junge Mensch, der sich gegen die vorgegebenen Ansichten und Haltungen, gegen das Gewohnte und von ihm zunächst blind und unkritisch Übernommene auflehnt und die Emanzipation anstrebt, zur gleichen Zeit sich freiwillig neue Zwänge und Normen auferlegt. Der Konformismus in dem, was die Jugend sich selbst gewählt hat, ist uns allen bekannt. Die Nachahmung der Heranwachsenden untereinander im Gebaren wie auch in der Kleidung gehört hierher. Man lehnt zwar das von der Erwachsenenwelt Vorgegebene ab, unterwirft sich aber freiwillig den in der Altersgruppe geltenden Regeln, die der junge Mensch zunächst unkritisch hinnimmt. Er kann in dieser strapaziösen Phase, da er sich aus der Geborgenheit der Kindheit, aus dem Schutz der Erwachsenen herausschält und zum Kampf mit ihnen antritt, nämlich zur Auseinandersetzung um die Selbstbehauptung, wo er um die Freiheit kämpft, ein eigenes Ich aufzubauen, weder im wahren Sinne kritisch sein, noch ohne den Schutz einer sozialen Gruppe leben.

Sich aus den Normen der von Erwachsenen und Erziehern geforderten Anschauungen, Haltungen und Üblichkeiten zu lösen und sich zurückzuziehen in eine zeitbedingte Form der Altersstufe, bedeutet häufig auch ein Hinabsteigen auf ein niedereres Niveau. Diese Tatsache, die von Eltern oft nicht eingesehen werden will, ist jedoch vom Psycho-logischen her sinnvoll und notwendig. Hier vollzieht sich ein in menschlichen Reifungsprozessen zu beobachtendes Phänomen der positiven Regression, die oft einen schöpferischen Prozeß, eine Progression einleitet. Meist geht dieser Phase, in der man sich zurücknimmt, und in der sich etwas Neues bildet, eine Zeit großer Gereiztheit und heftiger Aggressivität voraus. Die positive Seite der bewältigten Aggression wird noch zu wenig erkannt. Aggredi heißt: an etwas herangehen und ist im Sinne einer Auseinandersetzung zu verstehen. Letzten Endes gibt es keine Reifung ohne Auseinandersetzung. Eine Erziehung, die alles Aggressive als böse deklariert, führt den Einzelmenschen wie auch das Kollektiv in außerordentlich gefährliche Lebenssituationen. Daß unser Kulturkreis sich mit der gesunden Aggressivität des Einzelnen noch ernsthaft und intensiv befassen muß, wird immer sichtbarer. Neben der allgemeinen körperlich und seelischen Strukturauflösung mit entsprechenden ersten Ablösungserscheinungen setzen also Übungen der Willensfunktion und Prozesse der Ich-Bildung ein. Hierzu gehört auch die Entdeckung der eigenen Gefühlswelt, der eigenen Gemütskräfte und Innerlichkeit. Diese Seite des puberalen Geschehens wird im allgemeinen von der Umwelt noch wenig wahrgenommen. Der Pubeszent ist den auftauchenden Gefühlserlebnissen gegenüber noch hilflos und scheu. Seine Gefühlswelt wird geheimgehalten und nach außen oft durch panzerartig anmutendes Verhalten getarnt. Dies geschieht umso mehr, je nüchterner und zweckbezogener die Umweltpersonen sich verhalten, und je schwächer der Kontakt mit ihnen geworden ist. Während die Heranwachsenden nach außen gegenüber ihren Eltern, den Geschwistern mit Ruppigkeit begegnen und oft den Anschein erwecken, als könnten sie über Leichen hinweggehen, entwickeln sich im Innern zarte und empfindsame Gefühlsreaktionen, die jedoch nicht geäußert und sichtbar werden dürfen. Denn der junge Mensch ist noch zu unsicher, zu wenig er selbst, und die zarten Gefühle sind noch zu unreif und darum oft sentimental, als daß sie den andern geoffenbart werden könnten. Eventuell wird diese Seite einem Tagebuch anvertraut, vielleicht einem andern jungen Menschen, der in einer ähnlichen Lage und Verfassung lebt.

Wenn Familie und Gesellschaft die Gefühlsseite nicht ansprechen, entstehen affektive Stauungen und zuweilen Aggressionen, die das Zusammenleben sehr erschweren, die Lernfähigkeit sowie die Entwicklungschancen reduzieren können. Ein sehr nüchternes und vom Rationalen bestimmtes Milieu bietet selbst bei großer Vernünftigkeit doch zu wenig und zu Einseitiges an menschlichen Werten und zeitigt darum entsprechende Probleme.
Die meisten Erwachsenen lassen sich durch das provozierende Verhalten junger Menschen täuschen. Hinter vielen Provokationen steht der Versuch einer Kompensation der eigenen Unsicherheit. Es ist erzieherisch ein großer Fehler, in der Phase der Strukturauflösung und Ich-Schwäche Jugendliche zu demütigen, zu bespötteln, das ohnehin verletzte Selbstwertgefühl zu strapazieren. Bei aller notwendig werdenden Kritik sollte der Erzieher mit Lob, Anerkennung, Ernstnehmen der noch unfertigen Persönlichkeit nicht sparsam sein. Wenn auch in den Augen vieler Eltern in dieser Entwicklungsphase oft wenig Anlaß besteht, den Pubeszenten in wohlwollenden Worten zu bestätigen, so sollten Eltern und Lehrer nach Wegen und Möglichkeiten suchen, die eine Anerkennung von Zeit zu Zeit ermöglichen.

DER PROTEST DER JUGEND

(Martin-Brinkmann-Neis, Das neue große Aufsatzbuch, Hollfeld 1972, S. 115 ff.)
Seit einigen Jahren ist die jüngere Generation von einer starken Unruhe erfaßt worden. Es handelt sich um eine „Sturm- und Drang-Bewegung", die sich vornehmlich gegen die ältere Generation und die von ihr erreichten Ziele wendet, gegen das sogenannte „Establishment".
Schüler, Studenten und junge Leute aus bürgerlichen Familien zeigen zunehmende Unlust am Bestehenden und protestieren gegen gesellschaftliche Formen und Normen, gegen die gültigen Gesetze und Ordnungen, gegen die Autoritätsansprüche der Erwachsenen, gegen die Mängel der „Wohlstandsgesellschaft". Die Vorwürfe, die

gegen die ältere Generation erhoben werden, sind unter anderem: Veraltete Moralbegriffe, zu geringe geistige Beweglichkeit und Aufgeschlossenheit, Starrheit im Denken und unnachgiebiges Festhalten an überkommenen Begriffen und Anschauungen, Zweckdenken, Egoismus und Materialismus, Streben nach „Wohlstand" und Vermehrung des persönlichen Einkommens und Besitzes, Leben nach dem Erfolgsrezept und dadurch bedingte Veräußerlichung und innere Hohlheit, Prestigedenken, Karrieresucht, Bürokratisierung und Schematisierung des Lebens, Befangenheit in Vorurteilen, Überheblichkeit, Indifferenz und Intoleranz in politischer, sozialer, rassischer und religiöser Hinsicht.
Schon immer und zu allen Zeiten hat die Jugend gegen die ältere Generation und ihre Anschauungen revoltiert. Das ist ein natürlicher Vorgang, der im Entwicklungsstadium der Jugend und Wandel der Generationen begründet ist. So revoltierte die französische Revolution gegen den Absolutismus, der Sturm und Drang gegen die Ideen der Aufklärung, die Romantik gegen die Klassik, das Junge Deutschland gegen die politische und geistige Bevormundung durch Nationalismus und Restauration.
Aus welchen Gründen revoltiert die Jugend von heute? Sie hat die Kriegszeit und Hungerjahre der Nachkriegszeit nicht kennengelernt, weiß nichts von der Not der Ausbombung und Vertreibung, der Mittellosigkeit und Armut, in der sich die ältere Generation vieler Länder, vor allem aber Deutschlands, nach dem Zweiten Weltkrieg befand. Sie wurde hineingeboren in eine Zeit des Aufbaus, der Wiedergewinnung eines gewissen und dank des Fleißes der deutschen Bevölkerung sogar erheblichen Wohlstands (des deutschen „Wirtschaftswunders"), in eine Zeit der Wiedergewinnung der Souveränität, in eine Zeit, in der sie aller Nöte und Sorgen enthoben war. Wohlstand und Freiheit erscheinen ihr als gesicherter Besitz, den sie von ihren Vätern erhielt und nicht zu erkämpfen brauchte.
Jugend will aber selbst aktiv sein, eigene Initiative entwickeln, sich selbst ihre Welt erschaffen. Sie findet und kritisiert bald eindeutige Mängel des „Establishments", fordert „Phantasie" in der Politik und im Denken, „Veränderung" der Gesellschaft, „Änderung" der

Besitzverteilung, „Neuordnung“ der Verwaltungsbürokratie und des Bildungswesens, „Mitbestimmung“ in Betrieben, Universitäten, Schulen usw. usw., „Liberalisierung“, „soziale Gerechtigkeit“, „Rassengleichheit“ und „Demokratisierung“ des Lebens in jeder Hinsicht. Da die Jugend in dem bestehenden System keine echten Vorbilder findet, fällt sie dem Irrglauben an fremde, extreme Erscheinungen wie Mao, HoChiMinh, Fidel Castro, Che Guevara anheim. Daß sie dabei ein Opfer marxistisch-leninistischer Tendenzen, die der Aushöhlung westlicher Staaten und der Idee der kommunistischen Weltrevolution dienen, wird, ist ihr meist selber gar nicht bewußt. Statt ihre Freiheit zu sichern, ist sie dabei, sie wieder an einen östlichen Totalitarismus preiszugeben.
Da ihr ethische und religiöse Bindungen vielfach fehlen (Krieg und Nachkriegszeit haben diese weitgehend zerstört), haben moderne Philosophen und Gesellschaftskritiker wie Adorno, Bloch, Marcuse und einige andere ein leichtes Spiel, eine Ersatzideologie zu liefern, die auf die „Veränderung der bestehenden Zustände“ hinzielt.
Wie ist die Jugend bemüht, diese „Veränderung der bestehenden Zustände“ zu erreichen?
Zunächst einmal protestiert sie durch eine aus dem Rahmen fallende Kleidung und Haartracht sowie durch ihr Gehabe gegen die konventionellen gesellschaftlichen Formen. Eine bewußt vernachlässigte, abstoßende, vielfach sogar schmutzig-zerlumpte Art der Kleidung, eine ungepflegte, langmähnige Haartracht, schleppender, nach vorne gebeugter Gang sollen die Erwachsenen „schockieren“. Lärmendes Gehabe, Rüpeleien, Verkehrsbehinderungen, Beschmieren von Häuserfronten und öffentlichen Gebäuden, Plakatierungen, Flugblatt-Aktionen, Demonstrationen aller Art, Unterrichts- und Vorlesungsboykotte, Diskussionen, Forumsgespräche, Protestversammlungen, Umzüge, Schweigemärsche, Sitzstreiks, aber auch mutwillige Zerstörungen von Sachwerten und Gewaltanwendungen gegen Personen sollen ihren Forderungen Gehör verschaffen. Diese Aktionen werden als „Happenings“, als „Go-in“, „Teach-in“ bezeichnet, bringen aber meist keine positiven Ergebnisse, sondern erweisen sich nur als gewollte Störungen.

Daß die weltweite Protestwelle der Jugend gegen das „autoritäre System“ in falsche Bahnen gelenkt wird, dürfte einleuchten. Wer Verständnis und Toleranz für sich in Anspruch nimmt, muß sie erst selber üben. Das Bestreben, die „zur reinen Akklamation erstarrten Formen der parlamentarischen Demokratie und deren bürokratischen Machtapparat aufzubrechen“, kann nicht durch Terror gelöst werden. Wenn die Jugend ernst genommen werden will, sollte sie sich bemühen, so zu sein, wie sie einmal der amerikanische Präsident Lyndon B. Johnson in einer Rede gekennzeichnet hat:
„Jedes Land hat Menschen, die jung sind und träumen. Wir brauchen junge Menschen, die Vertrauen haben, vor allem Vertrauen in sich selbst und ihre Fähigkeiten, den Anforderungen der Gesellschaft gerecht zu werden. Wir brauchen junge Menschen, die sich Gedanken machen, die mehr tun, als nur für ihren Gehaltsscheck zu arbeiten und die Sinn für Werte haben, die ausschließlich in menschlichem Glück, menschlicher Gesundheit und Menschenwürde gemessen werden können.
Die Jugend hat ein Recht, Reformer zu sein. Aber Reformer, Restaurator und Schöpfer zu sein, heißt erhalten und nicht zerstören, was der Mensch an guten Dingen geschaffen hat. Dies äußert sich vor allem in der Achtung der Menschenrechte, und es ist der Auftrag, die Chance und die Verantwortung der Jugend von heute.“

ZUM BUCHTITEL „DER FÄNGER IM ROGGEN“

Was hat Jerome David Salinger veranlaßt, seinem Roman den Titel „Der Fänger im Roggen“ zu geben? Zwei Abschnitte aus diesem Werk deuten darauf hin, weshalb der Autor sich zu diesem ungewöhnlichen Titel entschlossen hat. Es handelt sich um die Abschnitte Seite 85 im sechzehnten, und Seite 127 im zweiundzwanzigsten Kapitel des Romans.
Zunächst Seite 85 (Kapitel 16):
„Eine Familie, die offenbar aus irgendeiner Kirche kam, ging vor

mir her — ein Vater, eine Mutter und ein ungefähr sechsjähriger Junge. Der Junge war toll. Der lief nicht auf dem Trottoir, sondern auf der Straße, aber dicht am Randstein. Er tat so, als ob er in einer schnurgeraden Linie marschierte, so wie die Kinder das gern tun, und dabei sang und summte er immer. Ich ging näher zu ihm, um zu hören, was er sang. Es war das Lied „Wenn einer einen andern fängt, der durch den Roggen läuft". Er hatte eine hübsche kleine Stimme. Er sang einfach, weil es ihm Spaß machte. Die Autos sausten vorbei, Bremsen kreischten, seine Eltern kümmerten sich nicht um ihn, und er marschierte weiter am Rinnstein entlang und sang: „Wenn einer einen andern fängt, der durch den Roggen läuft". Das tat mir gut. Danach war ich nicht mehr so deprimiert."
Offenbar übt dieses Lied eine beruhigende, befreiende Wirkung auf Holden Caulfield aus. Was es wirklich mit der Beziehung dieses Liedes zu ihm auf sich hat, erfahren wir später, als er nach seiner Heimkehr ins Elternhaus von einer Unterhaltung mit seiner kleinen, zehnjährigen Schwester Phoebe berichtet.
Seite 127 (Kapitel 22):
„Ich hörte ihr nicht zu. Ich dachte an etwas ganz anderes — etwas Verrücktes. „Weißt du, was ich gern sein möchte?" fragte ich. „Weißt du, was ich sein möchte? Ich meine, wenn ich die Wahl hätte?
„Was? Fluch nicht so", sagte Phoebe.
„Kennst du das Lied „Wenn einer einen andern fängt, der durch den Roggen läuft"? Ich wäre gern —"
„Es heißt „Wenn einer einen andern trifft, der durch den Roggen läuft!" sagte Phoebe. „Das ist ein Gedicht von Robert Burns."
„Das weiß ich auch, daß es ein Gedicht von Robert Burns ist."
Sie hatte aber ganz recht. Es heißt „Wenn einer einen andern trifft, der durch den Roggen läuft." Damals wußte ich das allerdings noch nicht.
„Ich dachte, es hieße „Wenn einer einen andern fängt...", sagte ich. „Aber jedenfalls stelle ich mir immer kleine Kinder vor, die in einem Roggenfeld ein Spiel machen. Tausende von kleinen Kindern, und keiner wäre in der Nähe — kein Erwachsener, meine ich — außer mir. Und ich würde am Rand einer verrückten Klippe ste-

hen. Ich müßte alle festhalten, die über die Klippe hinauslaufen wollen — ich meine, wenn sie nicht achtgeben, wohin sie rennen, müßte ich vorspringen und sie fangen. Ich wäre einfach der Fänger im Roggen. Ich weiß schon, daß das verrückt ist, aber das ist das einzige, was ich wirklich gern wäre. Ich weiß natürlich, das das verrückt ist."

Nun, so verrückt ist dieser „Berufswunsch" Holden Caulfields gar nicht, denn mit ihm dokumentiert er seine Absicht, Hilfsdienst, Rettungsdienst zu leisten, Unaufmerksame, Bedrohte, Gefährdete vor Unheil und Schaden zu bewahren. Der Gedanke mag ihm beim Anblick des auf der von Autos befahrenen Straße laufenden und singenden, von seinen Eltern nicht umsorgten sechsjährigen Jungen (S. 85) gekommen sein. Nun spricht er den Wunsch zu helfen, zu retten direkt aus: er will Helfer und Retter, „Fänger" sein für die in der amorphen, korrupten, dekadenten Wohlstandsgesellschaft, im „Roggen" der Massengesellschaft verkommenden, untergehenden Jugendlichen. Daher der Titel „Der Fänger im Roggen" (englisch „The Catcher in the Rye"), den Salinger für seinen Roman ausgewählt hat.

DAS GEDICHT VON ROBERT BURNS

Robert Burns, schottischer Volksdichter, wurde 1759 als Sohn armer Bauern auf einem kleinen Hof in Ayrshire/Südwestschottland geboren. Unter dem alten Volksgesang seiner Heimat wird er groß, was er an Bildung besitzt, hat er sich selber angeeignet. Goethe bewundert an ihm, „daß er als Knabe unter den alten Volksliedern heranwuchs und daß seine eigenen Lieder im Volk sogleich empfängliche Ohren fanden". Weltbekannt wurde sein Lied: „Mein Herz ist im Hochland, mein Herz ist nicht hier" (My heart's in the Highlands, my heart is not here"). Sein revolutionärer Geist und leidenschaftliches Temperament machten ihm das Leben nicht

leicht: dauernde Zusammenstöße mit der sittenstrengen orthodoxen Geistlichkeit seines Landes, durch Trunksucht entstandene Verarmung ließen in ihm den Entschluß reifen, als Pächter nach Jamaica auszuwandern. Aber der Erfolg seines ersten Gedichtbandes „Poems chiefly in the Scottish Dialect" (1786) machte ihn berühmt und hielt ihn in der Heimat fest. In der Edinburgher Gesellschaft wird er als Dichter gefeiert, kehrt aber aufs Land zurück, heiratet, ergibt sich aber, nach beruflichen Mißerfolgen als Pächter und einem unsteten Leben, wieder dem Trunk und stirbt frühzeitig mit 37 Jahren.
„Was er dichtet, hat Eigenwuchs, einfache Größe, Volkston, Landgeruch, Sangesrhythmus, männlich-heiteres Gleichgewicht. Naturgedichte, Liebesgedichte, Landidyllen, auch patriotische Lieder. Zwei Frauen liebte er besonders: die schöne Jean Armour, die er später heiratet; und die „Hochland Mary", ein Milchmädchen vom nahen Schloß, die früh verstarb" (Hermann Pongs). Seiner „Sweet Highland Mary" widmet Burns eine Anzahl seiner schönsten Gedichte, z. B. „My Highland Lassie, O", „Highland Mary", „To Mary in Heaven" u. a., aber auch seiner heißgeliebten jungen Frau Jean Armour, die er in den Gedichten „Jeannie's Bosom" und „Fair Jenny" besingt:

Where are the joys I have met in the morning,
That danc'd to the lark's early song?
Where is the peace that awaited my wand'ring,
At ev'ning the wild woods among?
All that has caused this wreck in my bosom,
Is Jenny, fair Jenny alone.

Zu den Gedichten, die sich auf „fair Jenny" beziehen, gehört auch das in Salingers Roman „Der Fänger im Roggen" angesprochene Gedicht von Robert Burns „Coming through the Rye", aus dem die Zeile „Wenn einer einen andern trifft, der durch den Roggen läuft" zitiert wird. Das Gedicht, das auf ein altes volkstümliches, in den „northern glens" (in den nördlichen Bergschluchten) Schottlands verbreitetes Lied zurückgeht, hat folgenden Wortlaut:

Coming through the Rye.

Tune—*Coming through the Rye.*

I.

COMING through the rye, poor body,
Coming through the rye,
She draiglet a' her petticoatie,
Coming through the rye.

Oh Jenny's a' wat, poor body,
Jenny's seldom dry;
She draiglet a' her petticoatie,
Coming through the rye.

II.

Gin a body meet a body—
Coming through the rye,
Gin a body kiss a body—
Need a body cry?

III.

Gin a body meet a body
Coming through the glen,
Gin a body kiss a body—
Need the warld ken?

Oh Jenny's a' wat, poor body;
Jenny's seldom dry;
She draiglet a' her petticoatie,
Coming through the rye.

Worterklärungen:
draiglet (schott.) = draggled beschmutzen, durch den Schmutz schleifen
a' (schott.) = all ganz
petticoatie = Unterröckchen, Petticoat
wat (schott.) = wet naß
gin (schott.) = if wenn (diese und die folgende Zeile werden in Salingers Roman zitiert)

need (hier soviel wie nötig haben, müssen) = muß
warld (schott.) = world Welt
ken (schott.) = to know wissen

LITERATURNACHWEIS

(In der Reihenfolge der Zitierungen)

Peter Freese, Jerome David Salinger in: Martin Christadler, Amerikanische Literatur der Gegenwart, Stuttgart 1973

Gertrud Baruch, Hauptwerke der amerikanischen Literatur, München 1975

Fritz Kraul, Jerome D. Salingers Roman „Der Fänger im Roggen" als Pflichtlektüre im Deutschunterricht der Oberstufe in: Der Deutschunterricht, Jahrgang 20, Heft 1, Stuttgart 1968

Marcus Cunliffe, Amerikanische Literaturgeschichte, München 1961

Franz Lennartz, Ausländische Dichter und Schriftsteller, Stuttgart 1971

Martin Schulze, Wege der amerikanischen Literatur, Frankfurt am Main 1968

Günter Bien, Das Bild des Jugendlichen in modernen Dichtungen in: Der Deutschunterricht, Jahrgang 21, Heft 2, Stuttgart 1969

Eduard Spranger, Psychologie des Jugendalters, Heidelberg 1963

Guy Avanzini, Reifejahre, Stuttgart 1970

Hildegund Fischle-Carl, Der Aufstand der Jugend, Stuttgart 1970

Martin-Brinkmann-Neis, Das neue große Aufsatzbuch, Hollfeld 1972

Hermann Pongs, Das kleine Lexikon der Weltliteratur, Stuttgart 1956

Allan Cunnigham, The Works of Robert Burns, London 1844